亚特兰蒂斯女王

The Queen of Atlantis

〔法〕皮埃尔·伯努瓦——著

马庆军——译

上海文艺出版社

上海故事会文化传媒有限公司

名家导读

/桂清扬

　　浙江外国语学院英语教授、教学名师、香港岭南大学翻译学哲学博士、教育部公派英国诺丁汉大学语言学院访问学者，曾任中国计量大学外国语学院院长。主要社会兼职：上海外国语大学英语语言文学博士研究生学位论文盲审专家、浙江大学外国语言文学及国际交流学院博士学位论文答辩委员会委员、国际跨文化研究院（IAIR）研究员、国家社会科学基金项目通讯评审专家及鉴定专家、国际翻译家联盟会员暨执业译员、中国翻译协会专家会员、杭州市翻译协会会长、香港国际创意学会秘书长等。主持国家哲学社会科学基金项目"七月派翻译群体特征研究"（编号：11BN019）。主要代表作：学术论文《跨文化传播意义上的经典译作——关于绿原〈浮士德〉译本的思考》《胡风对满涛、吕荧等翻译家的影响研究》（刊于《中国翻译》，2007，2016）；专著《自助外语教学法》（中国科学文化出版社，2003），教材《21世纪科技英语》（高等教育出版社，2002），译著《呼啸山庄》（世界文学名著典藏版，花城出版社，2016）、《桂向明短诗选·中英对照》（中外现代诗名家集萃，香港银河出版社，2016）。个人业绩辑入《世界人物辞海》。

一

　　如今，我们虽不用"言必称希腊""言必称罗马"，但必须指出，西方文化的源头可以追溯到古希腊和古罗马文明，这两种文明的神话故事构成了西方文化中至关重要的一部分。英语中 Atlantic（大西洋）一词源于神话中的大力士 Atlas（亚特拉斯），他因遭到宙斯的惩罚而永远肩扛天宇。欧洲人多以他的画像装饰地图封里，故称地图集为"阿特拉斯"。古希腊人认为巨人扛天之处即为遥远的西边，这样"Atlantic"和"Atlantis"（亚特兰蒂斯，传说中的大西洲、大西国）两个词便诞生了。

亚特兰蒂斯位于欧洲至直布罗陀海峡附近的大西洋之岛，是传说中拥有高度文明发展的古老大陆、国家或城邦。古希腊哲学家柏拉图曾在他的《对话录》中以对话的形式第一次描绘了亚特兰蒂斯，称其在公元前一万年被史前大洪水毁灭。创建亚特兰蒂斯王国的是海神波塞冬。在一个小岛上有一位父母双亡的少女，波塞冬娶了她，并生了五对双胞胎，于是波塞冬将整座岛划分为十个区，分别让十个儿子来统治，并以长子为最高统治者。因长子名叫"亚特拉斯"，该国被称为亚特兰蒂斯王国。

二

关于希腊文明的小说，往往是人与神的故事，是一个种族、一个时代、一个文明的故事。读到小说《亚特兰蒂斯女王》，您难道不怦然心动、心驰神往吗？

小说的作者皮埃尔·伯努瓦，系二十世纪初法国著名探险小说家、电影剧作家。1886 年 7 月 16 日，生于法国南部塔恩省的首府阿尔比，

1962 年 3 月 3 日，逝于法国比利牛斯山脉的锡布尔。他年轻时曾在突尼斯、阿尔及利亚等地生活多年，受过良好的法律、文学和史学方面的教育，一生著作等身，有两部诗集和四十多部小说。以小说《安洁莉卡》《双面间谍》《小偷伏脱冷》逐渐闻名；1919 年，其代表作《大西岛》刚一问世，全法国即为之疯狂，该作品次年荣获法兰西学院文学大奖，他也因此于 1931 年当选为法兰西学院院士。皮埃尔·伯努瓦的文学成就及文学意义尤以小说《亚特兰蒂斯女王》为世人所惊叹，该小说被译成多种文字，一版再版，还被多次搬上电影银幕，风靡全球。

笔者多年前读过《大西岛》（郭宏安译，译林出版社出版），近期又有幸拜读马庆军先生翻译的《亚特兰蒂斯女王》，且受邀撰写"名家导读"，顿觉遇见久违的朋友，喜出望外。

小说《大西岛》震撼读者的并不是男女主角之间的感情，而是爱情的对立面——背叛与复仇。在诡奇壮丽的撒哈拉大沙漠南部，圣亚威中尉曾和莫朗日上尉在撒哈拉大沙漠中进行了一场悲剧的探险，最后只有一人活着回来。时隔多年之后，圣亚威中尉终于向费里埃中尉讲述了故事的真相以及自己最终的选择。小说以爱情为主线，描写了二十世纪初的法国社会和当时非洲殖民地的景象，带有浓郁的异域风情和传奇色彩。

小说《亚特兰蒂斯女王》以"史前文明"为主题，是一部充满奇幻色彩的悬疑小说，作者用倒叙的方式叙述了一场惊心动魄的冒险，与冒险科幻小说《千年巫后》以及小说《大西岛》有异曲同工之妙。

故事设置在北非撒哈拉大沙漠，两个法兰西军官——德·圣·阿维特和莫朗奇，奉命寻觅莫名失踪的战友。期间，他们遭遇当地土著人的麻醉和绑架，被带进一个神秘的洞穴。该洞穴的统治者安蒂妮亚女王竟是传说中亚特兰蒂斯国王的后裔，她美丽而残暴。她的洞穴中有众多壁龛，供奉着一个个被杀死的情人的尸体。面临女王的色诱，莫朗奇不为所动，而德·圣·阿维特却屈从她的淫欲，杀死了莫朗奇，并伺机逃离撒哈拉大沙漠。爱情、友情、逃离、回归，到底该如何抉择？主人公又将何去何从？据说只有一个人真正赢得过女王的芳心，但没有人能逃脱她的魔掌，这又是为何？故事不断挑战人们的逻辑思维，透过层层迷雾，抽丝剥茧，最后真相大白。

作者的父亲是一名驻扎北非的军官，作者本人又在阿尔及利亚和突尼斯长大，生活于法国殖民扩张的鼎盛时期。当时以儒勒·费里为代表的扩张主义者将对外殖民、奴役他国人民美化为向落后国家传播文明的正义之举。《亚特兰蒂斯女王》也烙有这样的印记，语言中不时透露或展现出殖民扩张时期的社会背景。

三

二十世纪二十年代的欧洲刚经历过第一次世界大战，百废待兴，这种情境往往会令人向往那些并不存在的乌托邦。小说《亚特兰蒂斯女王》应运而生，成为一曲逃离现代文明，追寻世外桃源的爱之歌，曾被不同的导演搬上银幕，深受影迷青睐。这部小说系国内首次译介，由马庆军倾心译出。小说以亚特兰蒂斯女王为线索，她的神秘身份贯穿始终，带领读者层层解谜。故事离奇，情节跌宕，悬念迭起，引人入胜。译文通达流畅，文笔细腻，译者也算是经历了一次真正意义上的跨时空、跨文化体验和"极地探险"的心路历程，为读者展现出一幅幅出人意料、惊心动魄的探险文学画卷。正如英国作家阿瑟·柯南·道尔的《福尔摩斯探案全集》适合男女老少阅读一样，法国作家皮埃尔·伯努瓦的探险小说也将受到不同读者群体的喜爱。

Contents

我必须从一开始就警告你，如果我用希腊名字称呼那些野蛮人，不要感到惊讶。

——柏拉图《克里特阿斯》

引子

哈西·伊尼费勒（阿尔及利亚地名），1903 年 11 月 8 日。

如果下面的文稿有一天能见天日，那一定是因为我自己改变初衷了。对于公开出版文稿，我有时间要求。

我准备出版这本书的目的，甚至坚持要出版这本书的目的，不必神秘化。不必怀疑，作者的虚荣心并没有把我束缚在这些纷乱的书页上，我已经把这些琐事抛在脑后了！但是，让别人跟着我走一条不可能回头的路是没用的。

凌晨四点。再过一会儿，黎明的猩红火焰就会席卷岩漠。我附近军营里的人还没有醒来。

1

透过敞开的房门，我能听到安德烈·德·圣·阿维特的鼾声——啊，他睡得真香！

再过两天，他和我就要出发了，我们就要离开这座军营了。我们要去往南方。正式命令昨天上午下达了。

现在即使我想退缩也太晚了。安德烈建议我进行这次探险。我们共同的请求得到了许可，现在已成为一项命令。既然摆平了整个权力等级制度，调动了我们所有的人脉，岂能害怕，岂能犹豫不决！

"害怕。"我说了吗？我知道自己并不害怕。一天晚上，我在古拉亚（阿尔及利亚地名）发现我的两个哨兵被杀了，肚子上刻着耻辱的柏培拉（索马里港市）十字。我知道什么是恐惧，但此时此刻，当我把目光集中在巨大的黑暗深处，火红的太阳很快就会突然从那里冒出来时，我知道，如果我颤抖，那不是因为恐惧。我能感受到悲惨的恐怖，这种恐怖很神秘，具有吸引力，在我内心深处挣扎。

也许是幻想，过度兴奋的大脑和被海市蜃楼迷惑的眼睛所产生的病态想象。毫无疑问，总有一天我会带着遗憾，微笑着翻阅这些书页，就像一位五十岁的人阅读旧书时面带的那种微笑。说幻想也好，说幻象也罢，但我珍惜。"德·圣·阿维特上尉和费里耶尔中尉，"官方命令说，"将探索塔西里，弄清楚泥质砂岩和石炭纪石灰岩的地层关系。他们将利用可能出现的机会，以确定阿兹杰尔人对我们的影响力所持的态度是否有任何改变……"如果这次探险真的只在乎那些徒劳无益的事情，我想我是不应该去的。

所以我渴望看到令我最害怕的东西。如果我没有亲眼看到现在让我战栗不已的东西，我会感到失望的。

一只豺狼在米亚绿洲嚎叫。一只鸽子不时地在棕榈树间咕咕哀鸣。这时，一缕银色的月光刺穿了布满热气的云层，使人想起了初升的太阳。

外面传来脚步声。一个黑影，披着黑得发亮的袍子，悄悄地沿着兵营的墙行走。漆黑之中火光一闪，那人刚点燃了一支烟，蹲在地上向南看去。原来他抽烟。

来人是切海尔·本·谢赫，我们的塔基人向导。三天之后，他将带领我们到达神秘的伊莫休克未被探索过的高原，穿越遍布黑色石头的岩漠、干涸的大河，并经过银色的盐碱滩，以及信风吹过时沙尘飞扬且寸草不生的金色沙丘。

切海尔·本·谢赫！就是他。我想起了杜韦里耶那句悲惨的话："上校刚把脚踩在马镫上，就被人砍倒了……"

切海尔·本·谢赫！他就在跟前。他平静地抽着烟，抽着我刚给他的那包烟。愿上帝宽恕我的罪行！

灯把黄色的光投射在纸上。在我十六岁的时候，有一天，一种奇怪的幸运从天而降，我无缘无故地来到圣西尔，成为安德烈·德·圣·阿维特的伙伴。要不然，我可能会从事法律或医学。我现在本应志得意满，住在一个有教堂和一两处喷泉的城镇里，而不是这副穿着棉衣的幽灵模样，带着说不出的恐惧，凝视着即将吞噬自己的沙漠。

一只大虫子刚从窗户飞进来。它嗡嗡地转着圈，从灰泥墙上飞到灯罩上。它终于死了，它的翅膀被蜡烛的火焰烧焦了，一动不动地落在白色的被单上——瞧！

这是一只金龟子，一种个头不小的黑色非洲金龟子，身上有青灰色的斑点。

我想起了其他昆虫，它们的法国兄弟。我过去常常在雷雨的夏夜观看红褐色的金龟子，它们像小球一样从老家的土壤里蹦出来。我小时候就是在那里度假的。后来，我多次休假。上次休假时，我走在那片草地上，身边有一个细长的白色人影，裹着一条细布围巾，因为那一带夜间很冷。现在，在那些回忆的刺激下，就在那一刹那，我抬头看了一眼房间的黑暗角落，光秃秃的墙上挂着一幅半明半暗的肖像画。我意识到，我一生都在关注的事情已经失去了意义。我对那个可怜的秘密不再感兴趣了。哎，如果荷兰巡回演出的歌手突然出现在这扇窗下，唱起他们著名的家乡歌谣，我知道我不会听的。如果他们太过纠缠不休，我会请他们离开。

是什么导致了这种变化？一个故事，也许只是一个寓言，但无论如何，这个故事是由一个最不被大家信任的人讲出来的。

切海尔·本·谢赫已经抽完了那支烟。我听见他慢慢地回到靠近左边岗亭的 B 营房的席子上。

由于我们将于 11 月 10 日动身，所以这封信所附的手稿是在 1903 年 11 月 1 日星期日开始写的，于 1903 年 11 月 5 日星期四完成的。

阿尔及利亚第三骑兵团

奥利维尔·费里耶尔中尉

南方军营

1903 年 6 月 6 日，星期六，我在哈西·伊尼费勒军营单调的生活被两件同等重要的事情打破了：一件是来自米莱·塞西尔·德·C 的信，另一件是法兰西共和国的最新一期官报。

"先生，我可以看一眼吗？"查特莱恩上士一边说，一边静下心来，把他刚撕下包装纸的那些报纸浏览了一遍。

我点了点头，表示同意，这时我已经在聚精会神地读米莱·塞西尔·德·C 的信。"当您收到这封信的时候，"这位迷人的年轻小姐在信中这样写道，"妈妈和我大概已经离开巴黎到乡下去了。要是一想到我和你一样无聊，你会感到欣慰，那你就可以心满意足了。大奖赛结束了。我赌了你替我看中的那匹马，当然输了。前天，我们和马夏尔·德拉·塔其思夫妇吃饭。伊莱亚斯·查特里安也来了，看上去年轻得惊人。我把他的新书寄给你，此书正在热销中。

"从书中看，马夏尔·德拉·塔其思夫妇热爱生活。我还寄去了布尔热、洛蒂和法兰西的最新书籍，以及在咖啡馆音乐会上流行的两三首歌曲。关于政治，他们说在执行镇压宗教秩序的法律方面会有相当大的困难。剧院里也没有什么新鲜事。

"我订了一份夏季版的《插图》。这会使你高兴的……在乡下没什么可做的。网球场上总是遇到同样愚蠢的一群人。我经常给你写信，也不值一提。你可以少跟我说说你对小孔贝马尔的看法了。我身上一点女权主义的影子都没有，我可以相信任何认为我好看的人，尤其是你。但是，我一想到如果我允许自己和一个你熟悉的雇农有一点点暧昧，就像你和你的欧勒德·内尔斯那样……不说了，有些事情太痛苦了，简直让人无法想象。"

这位年轻小姐思想前卫。正读着她的信，恰此时，军士长一声惊恐的喊叫使我抬起头来。

"先生！"

"怎么了？"

"啊！部里这些人在搞什么鬼？！请看这里。"

他把官报递给我。我读道："从1903年5月1日起，安德烈·德·圣·阿维特上尉从阿尔及利亚第三骑兵团卸任，将主管哈西·伊尼费勒军营。"

查特莱恩愤愤不平。

"由德·圣·阿维特上尉来管这个军营！这个军营一直运转很好！他们把我们这里当粪坑，以为谁都能来拉屎吗？"

我和这位军士长一样惊讶。但就在这时，我看到了我们雇来当书记员的古拉特那张像臭鼬一样邪恶的脸。他已经停止了潦草的书写，饶有兴致地偷偷听着。

"军士长，德·圣·阿维特上尉和我一起曾经在圣西尔共过事。"我不耐烦地说道。查特莱恩敬了个礼，出去了。我跟了出去。

"得了吧，老兄，"我拍着他的肩膀说道，"别生气。记住，我们一小时后就要出发去绿洲了。把子弹准备好，我们真该打打牙祭了。"

回到办公室，我点头示意古拉特离开。就我一个人了，我很快就把米莱·塞西尔·德·C 的信看完了，然后，我拿起那份官报，又读了一遍任命军营长官的部级命令。

我当了五个月的代理长官，我必须得承认这个职位挺适合自己，我非常享受这种大权独揽的感觉。我甚至可以毫不含糊地说，在我的领导下，这个军营的经营情况同德·圣·阿维特的前任迪欧里伏上尉管理下相比大有长进。迪欧里伏上尉人很好，是个老派的殖民地官员，曾在都铎王朝和杜什王朝当政，但有一种对烈性酒的严重嗜好，而且在喝酒的时候，他很容易混淆方言，常用萨卡拉瓦语盘问一个豪萨人。没有人比现在更节约军营的供水了。一天早晨，他和查特莱恩军士长一起调制苦艾酒，军士长望着上尉的酒杯，惊讶地发现绿色的液体在异常大剂量的水里变白了。他抬起头，觉得很不对劲，一定是发生了不寻常的事情。

只见迪欧里伏上尉呆呆地坐在那里，手里拿的玻璃瓶倾斜着，目不转睛地盯着滴在糖上的水。他已经死了。

在这位和蔼可亲的酒鬼死后的五个月里，当局似乎对接替他的人选不感兴趣。我甚至一度希望，他们可能会决定正式任命我来继任。而今天，这个突然的公告……德·圣·阿维特上尉……在圣西尔，我们一同共过事，他和我同龄。

后来，我不知道他去了哪里。接下来，我的注意力又被他的迅速晋升和勋章吸引了。他勇猛非凡，三次远征提贝斯提高原（撒哈拉沙漠地区）和艾尔地区，并得到了嘉奖；突然间，他第四次远征的神秘戏剧上演了，那是和莫朗奇上尉一起进行的一次臭名昭著的探险，只有他一个人活着回来了。在法国，这件事很快就被人忘记了，毕竟这是六年前的事了。从那以后，我再也没有听说过德·圣·阿维特。事实上，我以为他已经离开了部队，而现在他要成为我的顶头上司了。

"算了，"我想，"为什么不把别人想得好一些呢？在圣西尔，他很有魅力，我们一直相处得很好。再说，我自己囊中羞涩，没有足够的个人收入来支持晋升上尉。"

于是，我吹着口哨离开了办公室。

现在查特莱恩和我隐藏在紫花苜蓿的格子后面，靠近稀疏绿洲中心的池塘，我们的枪躺在已经凉下来的地上。夕阳的余晖染红了一条条小水渠。这些水渠用于灌溉当地人少得可怜的庄稼，渠里的水一动不动。

出去的时候，我们谁也没说话。等待的时候，我们也是一句话没说。查特莱恩显然在生闷气。

我们默默地轮流打下几只可怜的斑鸠，它们在白天闷热的天气里飞来飞去，拖着翅膀在浓浓的绿水边解渴。当六具骨瘦如柴、鲜血淋漓的尸体在我们脚边摆成一排时，我把手搭在了那个军士长的肩膀上。

"查特莱恩！"

他吓了一跳。

"我刚才对你很无礼，查特莱恩。别往心里去，我午睡前脾气不好，这是中午常有的感觉。"

"您是我的头儿，先生。"他回答道，他的声音显得生硬，但这恰恰表明他有所触动。

"查特莱恩，别往心里去……你有事要对我讲。你知道我的意思。"

“实际上，我没有。是的，我没有。”

“查特莱恩、查特莱恩，别这么较真。给我讲讲德·圣·阿维特上尉。”

“我对他一无所知。”他不耐烦地说道。

“一无所知？那么，刚才你说的话……”

“德·圣·阿维特上尉很勇敢，”他固执地低着头喃喃道，“他独自一人去比尔玛、艾尔等地，独自一人去了没人去过的地方。他是个勇敢的人。”

“他当然很勇敢，”我尽可能温和地说道，“可是他谋杀了他的同伴莫朗奇上尉，不是吗？”

这位老军士长打了个寒战。

“他很勇敢。”他坚持道。

“查特莱恩，你真幼稚。你就不怕我把你刚才说的话向新来的头儿汇报吗？”

我的话刺痛了他。他猛地抬起头来。

“查特莱恩军士长谁也不怕，先生。我去过阿波美（贝宁南部城市）与亚马孙人作战，在那个国家，每个灌木丛里都能伸出一只黑色的手臂，抓住你的腿，然后另一只手臂用弯刀把你的腿砍下来。”

“那你说的话……”

“都只是说说而已。”

"查特莱恩，在法国，到处都有人在那样说。"

他再次低下头，什么也不说了。

"你这头倔驴！"我忍无可忍，怒道，"你说不说？"

"先生，先生，"他恳求道，"我向你发誓，我所知道的，或者任何事情……"

"你要把你所知道的都告诉我，而且要马上告诉我。否则，我向你保证，除了日常公务之外，我不会跟你说一句话。"

在哈西·伊尼费勒军营，总共有三十个土著士兵，四个欧洲人——我自己、这位军士长、一位下士，还有古拉特。这种威胁很可怕，达到了预期的效果。

"好吧，先生，是这样的，"他叹了口气说道，"至少您不要责怪我跟您讲一些关于头儿的那些事，那些事不应该被谈论，尤其是那些乱七八糟的八卦。"

"请讲。"

"那是 1899 年。我当时是斯法克斯的一等兵，隶属于阿尔及利亚第四骑兵团。我保持着良好的记录。因为我不喝酒，副官让我当军官的伙食管理员，那是个非常好的部队临时营。市场、账目、从图书馆借出来的书——书不多——还有酒柜的钥匙都归我管。因为这些事情不能依靠勤务兵。上校是个单身汉，在食堂吃饭。一天晚上，他来晚了，看起来有点着急，坐下来叫大家安静。

"'先生们，'他说道，'我想告诉你们一件事，并征求你们的意见。这就是问题所在。明天早晨，维尔·德·那不勒斯号就要来到斯法克斯。船上有德·圣·阿维特上尉，他刚被任命到弗里安纳，就要去他的军营就职了。'

"上校停了下来。'太好了，'我想，'这意味着要留心明天的菜单了。'因为你知道，在非洲，凡是有军官俱乐部的地方，人们总是遵循这样的习俗：当军官经过时，弟兄们就会乘小船去接他，趁他的船还在港里，请他来俱乐部一聚，他用国内的消息来支付娱乐费用。在这种情况下，即使是一个中尉也会遇到很多麻烦。在斯法克斯，这意味着多上一道菜、上好的葡萄酒和最好的白兰地。但这一次，从军官们面面相觑的神情中，我看出那瓶陈年白兰地不会离开酒柜。

"'先生们，我想你们一定都听说过德·圣·阿维特上尉，关于他的谣言流传甚广。这些谣言与我们无关，并且他的晋升和勋章甚至使我们有理由认为那些谣言是没有根据的。但是，在怀疑一名军官犯罪和接待他成为我们餐桌上的客人之间存在着巨大的差异，我们不一定要弥合这个差异。关于这一点，我很愿意听听你们的意见。'

"一阵沉默。军官们面面相觑。他们突然都变得严肃起来，甚至连最活泼的年轻中尉也不作声了。我在角落里，发现他们已经把我忘了，于是尽量不制造出能提醒他们我还在那里的任何声响。

"'先生，'一名少校说道，'我们非常感谢您来咨询我们。我想我们大家都知道您暗指的是什么令人痛苦的谣言。如果允许我这样说的话，在巴黎，在我来这里之前所在的陆军部，许多军官和最有能力作出判断的人，对这个令人悲伤的故事都有自己的看法。虽然他们不愿说出来，但他们认为这些看法对德·圣·阿维特上尉是不利的。'

"'莫朗奇和德·圣·阿维特探险时，我在巴马科。'一个上尉说道，'我很遗憾地说，那里军官们的看法与少校刚才给我们讲的情况相差不大。然而，我必须承认，那仅仅是怀疑而已。考虑到这件事的残暴性质，怀疑当然是不够的。'

"'先生们，无论如何，'上校回答道，'这就足以证明我们不会欢迎他。这不是一个作出判断的问题，在我们的餐桌上，占有一席之地不是一种权利，而是一种兄弟情谊的象征。我只是想知道，你们是否认为应该盛情款待德·圣·阿维特上尉。'

"他说这话的时候，依次看了看各位军官。他们依次摇了摇头。

"'我看我们意见一致，'他接着说道，"不幸的是，我们的任务还没有结束。维尔·德·那不勒斯号明天早晨就要进港了。去接乘客的汽艇八点钟离开码头。先生们，你们中必须有一个人上船承担这一不愉快的任务。德·圣·阿维特上尉也许会考虑到俱乐部来。我们有好

14

客的传统习俗，如果他要来，我们可不想因不接待他而让他感觉自己受到了侮辱。因此，我们必须阻止他来。必须让他明白，他还是留在船上比较好。'

"上校又看了看他的军官们。虽然他们都同意了，但我看得出来，他们心里都不太舒服。

"'我不能指望找到一个自愿做这种事的人。我不得不指定一个人。格兰德让上尉请听好，德·圣·阿维特也是上尉，依据对等原则，我们的消息应该由同等级别的官员来传递，这是正确的。再说了，你的资历最低。因此，我不得不选择你来承担这项不愉快的任务。我没必要要求你尽可能巧妙地完成这件事。'

"格兰德让上尉鞠了一躬，其余的人都松了一口气。上校在那儿的时候，他站在一边一言不发，可是头儿走后，他说道：'有些工作让我配得上升职。'

"第二天吃午饭的时候，大家都不耐烦地等着他回来。

"'顺利吗？'上校不耐烦地问道。

"格兰德让上尉没有马上回答。他在那张桌子旁坐下，其他军官都在调自己的开胃酒，而他喝了一大杯苦艾酒，不等糖融化，一饮而尽。平时，大家都嘲笑他饮食有度。

"'顺利吗？'上校重复道。

"'顺利,先生,我做到了。您不必再为这事担心了。他不下船。可是,天哪,我干了一件什么事啊!'

"军官们谁也不敢多说一句话。只有他们的眼神表示出他们对这事有多么好奇。

"格兰德让上尉给自己倒了一杯水。

"'唔,在登船前,我已经想好了要说些什么。当我爬上舷梯时,我觉得自己脑子里一片空白。德·圣·阿维特上尉和船长一起在吸烟室里。我想我永远都不会有勇气告诉他,尤其是我看到他已经准备好登陆了。他穿着制服,剑放在沙发上,还穿着策马的靴刺,谁也不会在船上穿靴刺的。我做了自我介绍,我们寒暄了几句话,但我当时一定很尴尬,因为一分钟后,我就知道他已经猜到了。他找了个借口离开了船长,把我带到船尾靠近明轮的地方,在那里我鼓起勇气说话。我不能告诉你们我到底说了些什么。他没有看我,只是靠在船尾栏杆上,微笑着望着远方。然后,当我被自己的解释搞得焦头烂额的时候,他突然冷冷地盯着我,说了下面这些话:非常感谢您,我亲爱的朋友,给您添了这么多麻烦。但实际上这是不必要的。我累了,也不想上岸,至少我有幸认识了您。既然我不能享受您的盛情款待,我希望您能赏光,在船靠岸的时候接受我的盛情款待。

"'然后我们回到吸烟室。他自己调制了鸡尾酒,并跟我交谈,结

16

果发现我们有共同的朋友。我永远也忘不了他那张脸，那讥讽的、超然的神情，也忘不了他那伤感的、抑扬顿挫的语气。我说，伙计们，你们可以在服务处或多个苏丹军营里随便乱说……但一定有一些可怕的误解。他那样的人会犯这样的罪？相信我，这不可能。'"

"就这些，先生，"查特莱恩沉默了一会儿，说道，"我从来没有见过比这顿饭还要沉闷的氛围。军官们匆匆地吃完午饭，中间没有一句话，没有人试图摆脱这种克制的气氛。死一般的寂静中，可以看到他们的眼睛在偷偷观察维尔·德·那不勒斯号轮。那条船乘着微风，离岸驶出了大约一里格（五公里）。他们聚在一起吃晚饭的时候，那条船还在那里。直到它的汽笛一响，接着红黑两色的烟囱里冒出一圈圈的烟，宣布客轮驶往加贝斯时，大家才开始闲聊起来，但还是不如往常愉快。从那时起，先生，斯法克斯一片混乱，人们像躲避瘟疫一样，回避任何可能引向德·圣·阿维特上尉的谈话。"

查特莱恩说话的声音几乎是耳语。绿洲的小栖息者们没有听到他讲的故事。离我们最后一声枪响已经差不多有一个小时了，池边的斑鸠们放心了，正在用嘴整理它们的翅膀。硕大而神秘的鸟儿们在越来越昏暗的棕榈树周围飞来飞去。一阵凉爽的风摇动着那悲哀而颤抖的屋檐。我们摘下了头盔，好让太阳穴享受一下微风的轻抚。

"查特莱恩，"我说道，"该回军营去了。"

我们慢慢地把射杀的斑鸠收集起来。我感觉到军士长的目光停留在我身上，眼神里流露出责备的神情，仿佛他后悔说了错话似的。但在回来的路上，我们心情沮丧，我无法用一个字来打破沉默。

我们到达军营时，夜幕已经降临。军营的旗帜耷拉在旗杆上，但天太黑了，无法分辨颜色。夕阳西下，在暗紫色天空的衬托下，沙丘的轮廓显得高低不平。

当我们穿过军营的大门时，查特莱恩离开了我。"我要去马厩。"他说道。

只剩下我一个人了，我向军营中欧洲人的营地和军火库所在的地方走去。一种说不出的悲伤压在我的心头。

我想起了我的兄弟们——在国内营房里的军官们：这时，他们会回到自己的营房，把自己的军服——镶着金边的束腰外衣和闪闪发光的肩章——摆在床上。

"明天，"我心里想，"我应该申请调到别处了。"

土坯楼梯间已经一片漆黑，但当我走进去时，办公室里还残留着最后的几缕阳光。

一个男子坐着，两肘支在我的桌子上，正低头看着订货簿。他背对着我，没有听见我进来。

"你好，古拉特，哥们儿，请随便看。"

那人站了起来。我看到他相当高，体态轻盈，脸色苍白。

"我想您是费里耶尔中尉吧？"

他向我走来，并伸出了手。

"我是德·圣·阿维特上尉。很高兴见到你，我亲爱的朋友！"

与此同时，查特莱恩出现在了办公室门口。

"军士长，"那人厉声说道，"我不能为我所看到的一切祝贺你。所有的骆驼鞍子都缺了几个扣，在哈西·伊尼费勒，步枪的枪托看起来就像一年下了三百天雨一样。还有一件事，你今天下午去哪儿了？在军营的几个法国人中，我到达时发现的唯一一个是列兵，正坐在一小杯白兰地前。我们必须改变这一切。嗯！去落实吧。"

"德·圣·阿维特上尉，"我生硬地说道，此时查特莱恩立正站着，"我必须告诉您，这位军士长和我在一起，他不在军营是我的责任。他在各方面都是一个模范士官，如果您来之前通知我们……"

"当然，"他脸上带着冰冷而讽刺的微笑说道，"此外，费里耶尔中尉，我无意让他为过失负责，这必须由你负责。他不会知道，一个军官离开像哈西·伊尼费勒这样的军营，哪怕只是几个小时，回来的时候就会发现营地里的物资所剩无几。查姆巴的强盗对武器情有独钟，为了你架子上的六十支步枪，我相信他们会毫无顾忌地来抢劫，才不会在乎被你们送上军事法庭呢。顺便说一句，我知道他保持着良好的记录。

跟我来，好吗？我们将完成这次小小的检查，我刚才检查得不够彻底。"

他已经在楼梯上了。我一句话也没说就跟了上去。

查特莱恩走在最后面。我听见他自言自语，那副模样仿佛在对我说："有好戏看了。"

德·圣·阿维特上尉

只花了几天时间，我们就相信查特莱恩对我们与新首领如何相处的担忧是杞人忧天。从那以后，我一直认为，在我们第一次见面时，他表现出的粗鲁无礼是为了树立他的威信，向我们表明他还能够在过去的沉重负担下保持昂首挺立的姿态。事实是在他到达的第二天，我们对他的看法就完全不同了。他赞扬了驻地的条件和军士长对士兵的训练有素。对我来说，他很不简单。

"我们以前一起在圣西尔共过事，是吗？我甚至不需要说你可以对我不拘礼节。这是你的权利。"

自信的标记，唉！难以捉摸的相互坦诚的迹象。显然，还有什么比广阔的撒哈拉沙漠更容易深入腹地的呢？还有什么比他更令人费解的呢？共同生活六个月后，我们在南方军营关系亲密得难以复加。我问自己，我这次冒险最不寻常的特点是不是明天就出发，与一个自己不知道其真实想法的人走向无尽的孤独，就像他成功地让我渴望这些孤独一样？

我这位独特的同伴给我的第一个惊喜是随后到来的他的行李。

当他突然从瓦格拉来找我们时，他孤身一人，他的纯血骆驼只携带了一些毫不费力就能负载的东西，他的武器：长剑、左轮手枪和一支强力卡宾枪，还有一些少之又少的必需品。其余的是两周后才由车队运送到军营的供应品。

三个相当大的箱子被一个接一个地抬到这位上尉的住处，搬运工们的鬼脸足以证明它们的重量。

我想还是让德·圣·阿维特自己搬进来比较稳妥，于是我开始检查护送队给我送来的邮件。

过了不久，他来到办公室，看了一眼我刚刚收到的《评论》期刊。

"喂！"他说道，"你拿到了这个？"

他正在浏览最新一期柏林的《地理学会杂志》。

"是的，"我回答道，"这些先生们都很友善，对我在米亚绿洲和伊格哈尔河上游的地质工作很感兴趣。"

"这可能对我有用。"他嘀咕道，还在翻着那本《评论》。

"你留着看吧。"

"谢谢。恐怕我没有什么东西可以和你交换，也许除了普林尼的作品。此外……你和我一样清楚他是怎么谈论伊格哈尔的，他追随朱巴国王。不管怎样，你来帮我整理一下装备，看看有没有适合你的东西。"

我没等对方问我第二遍就答应了。

我们首先把各种气象和天文仪器拿出来：鲍丁温度计、萨勒龙温度计、法斯特温度计、无液温度计、福坦温度计、气压计、天文钟、六分仪、天文望远镜，还有一个移动罗盘——简而言之，就是杜韦里耶所说的最简单、最容易携带的东西。当德·圣·阿维特把它们递给我时，我把它们放在房间里唯一的一张桌子上。

"现在，"他郑重地说道，"只剩下书了。我把它们交给你，把它们堆在角落里吧，等我做几个书架子。"

我花了两个小时帮他堆了一个普通的书库。多好的图书馆啊！

在南方的军营，我从来没有见过这样的景象。

所有与撒哈拉沙漠大部分地区有关的古代文献都被收集在这四堵灰泥墙之间的书中。有希罗多德和普林尼的作品，当然还有斯特拉波和托勒密、庞波尼乌斯·梅拉和阿米亚努斯·马塞利努斯的作品。但是，站在这些名字旁边，让我的无知感得到了一点安慰。有科里普斯、保卢的克罗修斯、埃拉托斯提尼、弗修斯、西西里的狄多罗斯、索利斯、狄翁·卡修斯、塞维莱尔的伊西多禄、提尔的马丁、厄提库斯、雅典赛斯等古圣先贤。有《奥古斯塔历史篇》《安东尼尼·奥古斯都行程书》《里斯的拉丁裔地理小百科》《卡尔·穆勒的地理小百科》……从此，我有机会让自己熟悉哥斯的阿加他底斯和以弗所（古希腊小亚细亚西岸的一重要贸易城市）的阿特米多罗斯的著作了。但我得承认，在这个时候，这些人的著作出现在一个骑兵上尉的房间里，不免使我感到惊异。

我将进一步提到非洲人里昂对非洲的描述；阿拉伯历史中伊本·赫勒敦、阿尔·亚库布、艾尔·贝克里、伊布里·巴图塔、穆罕默德·伊尔·唐西。在这纷繁芜杂的书中，我只记住了两卷，上面有当代法国学者的名字，是伯利乌和席尔默的拉丁文论文。

当我尽可能地把所有这些作品堆放起来的时候，我心想：我认为在他和莫朗奇的任务中，德·圣·阿维特主要负责科学观察。要么是我的记忆力很差，要么就是他已经改变了习惯。有一点是肯定的，这堆乱七八糟的东西对我毫无用处。

他一定从我脸上明显的惊讶表情看出了端倪，因为他说话的口气，我觉得带有怀疑的意味："我选的书让你感到惊讶了吧？"

"我没有权利说我感到惊讶，"我回答道，"因为我不知道您收藏它们的目的是什么。无论如何，我想在阿拉伯众多军营里，从来没有哪个军官的书房里有这么多人文学科的书籍。我这样说毫不担心会引发跟您的矛盾。"他偷偷地笑了笑,那天我们没有继续讨论这个话题。

在德·圣·阿维特的书中,我注意到一本大部头的手稿,上面有一把锁,很结实。有几次我碰巧看到他在手稿上做笔记。无论出于什么原因,当他被叫出房间时,他都会小心翼翼地把这本日记锁在政府慷慨提供的白木小橱里。当他不写作的时候,或者工作不需要他在场的时候,他就叫人给他骑来的那峰骆驼,再装上鞍子。几分钟后,从军营的阳台上,我可以看到他骑着骆驼的背影,那峰骆驼载着他大步流星地从地平线上消失在沙漠中那一片红色的山丘后。

这些短途旅行一次比一次长。他总是给我带来一种兴奋感,使我吃饭的时候看着他,这是我们唯一真正在一起的时间,我的不安与日俱增。

"这可不好!"有一天,当他的谈话比平时更语无伦次时,我心里想道,"大家应该同舟共济。当艇长吸食鸦片时,船员在潜艇上就没意义了。这家伙嗑的是什么药?"

第二天,我迅速检查了我这位朋友的抽屉。这次检查,在我看来似乎是一种责任,使我暂时消除了心中的疑虑。

"当然,除非他随身带着他的普拉瓦孜注射器和香烟。"那时我还认为安德烈的想象力可能需要人工的兴奋剂。

细致的观察使我大失所望。在这方面，没什么可疑的。此外，他很少喝酒，也几乎不抽烟。

然而，不可否认的是，这种令人不安的疯狂还在延续。他总是从他的漫游中回来，眼睛闪闪发光；脸色变得更加苍白，他也更加健谈、更加易怒了。

一天晚上，他在六点左右离开军营。这时天气不再炎热，我们等了他一整夜。一段时间以来，商队报告说军营附近有成群的强盗，这使我更加焦虑不安。

天亮时他还没有回来。直到中午他才回来，他的骆驼突然倒了下来，而不是跪下来。

他第一眼看到的是我好不容易召集起来迎接他的骑兵小队，他们已经集合在两个堡垒之间的阅兵场上。

他明白他应该道歉，但他一直等到我们单独吃午饭的时候，才说："让你这么焦虑，我很难过。但是沙丘在月光下是如此壮丽……我陷得太深了。"

"亲爱的朋友，我没有什么可责备您的。您可以自由地做您喜欢做的事，这里是您说了算。不过，请允许我提醒您回想一下有关查姆巴强盗的话，以及指挥官长时间不在军营可能造成的不便。"

他对我微微一笑。

"我不讨厌记性好。"他简单地回答道。

他精神很好——太好了。

"你不要生我的气。像往常一样，我去兜兜风。然后月亮升起来了，我意识到我在哪里。二十三年前的那个十一月，弗拉泰斯就是这样走出去迎接他的命运的。他满心欢喜，一想到再也不会回来了，就使他的心情更加亢奋、更加热切。"

"探险队队长的精神状态真奇怪。"我喃喃道。

"不要贬低哈特斯。没有人像他那样热爱沙漠……爱得要命。"

"帕拉特和杜尔斯，还有其他一些人，就是这样的。"我回答道，"但他们自己易受攻击。他们只对自己的生命负责，因此是自由的。但弗拉泰斯承担着六十条生命的责任，你不能否认，他对他的探险队被谋杀负有责任。"

我刚说出最后这句话就后悔了。我想起查特莱恩讲过的故事：在斯法克斯的军官食堂里，人们凡是遇到可能涉及莫朗奇和德·圣·阿维特探险的话题，都像躲避瘟疫一样避而不谈。令人高兴的是，我发现我的同伴并没有在听。他闪闪发光的眼睛正看向别的地方。

"你最初驻扎在哪里？"他突然问道。

"欧索讷（法国地名）。"

他笑得前仰后合。

"欧索讷，第戎区；六千居民，团练和细节检查；上校的妻子周四在家，副官的妻子周六在家；星期日休假，每月一日去巴黎，其他三天在第戎。这就是你对弗拉泰斯下判断的地方。

"亲爱的朋友，我第一次驻防是在布加尔（阿尔及利亚）。十月的一个早晨，我在那里登陆，当时我是一名二十岁的二等兵，在非洲第一军旅，黑色的袖子上有一条白色的条纹。'阳光下的牛肚'，就像犯人对看守的条纹的称呼。布加尔！……两天前，在甲板上，我第一次看到了非洲。我为那些第一次看到它苍白的岩石、想到这片土地绵延千万里、心里却没有受到沉重打击的人感到难过……我比一个男孩大不了多少，不过我有钱，也很前卫，我本来可以在那里玩上三四天的，就在我坐火车去贝鲁阿吉亚的那天晚上。

"铁路的终点在离阿尔及尔不到一百英里的地方。沿着直线往前走，你首先会看到海角。由于天气热，火车在夜间行驶。在斜坡上，我下了车，走在火车车厢旁边，强迫自己在这种新的氛围中感受沙漠的欢迎之吻。

"大约是午夜时分，我们在得斯义勇兵营地换了马。这个驻地很简陋，坐落在凸起的路上，俯瞰着炎热的山谷，山谷中夹竹桃散发出令人陶醉的芬芳。在那里，我们发现了一群罪犯和他们的看守，由步兵和水手押送去往南方遍布戈壁的不毛之地。他们是阿尔及尔和杜埃拉监狱的渣滓，穿着制服，当然身上没有武器；其他穿着便服的人是今年的新兵，是沙佩勒和古特德奥招募的新兵蛋子。

"他们是最先离开的。这时四轮马车超过了他们。在远处的月光下，我看见黑色的车队排成一列，停在黄褐色的路上。

"然后我听到一个低沉的曲调。原来是那帮可怜的人在用法语唱歌。一个人嗓音沙哑，歌声忧郁，在蓝色峡谷的深处回荡，给人一种不祥的感觉。

'Maintenant qu' elle est grande,

Elle fait le trottoir,

Avec ceux de la bande

A Richard—Lenoir.' [1]

"其他人齐声用法语唱起了可怕的副歌：

'A la Bastille, a la Bastille,

On aime bien, on aime bien

Nini Peau d' Chien;

Elle est si belle et si gentille

A la Bastille.' [2]

1　歌词大意：如今她已长大，便和伙伴一同，在理查德－勒诺瓦大道上拉客。

2　歌词大意：巴士底广场有位叫妮妮的小姐，许多人都非常钟爱她；她多么美丽，又多么温柔，在那巴士底广场上。

"当四轮大马车在他们旁边经过时，距离非常近，我看到了他们。他们的样子十分可怕，他们脸色苍白，胡子被刮得干干净净，眼睛像燃着烟的火，炙热的灰尘呛住了他们喉咙里沙哑的声音。同时，一种可怕的阴郁笼罩着我。

"当四轮马车把这个噩梦抛在后面，我恢复了正常的精神状态。

"'驾，驾！'我吼道，'继续往南走，远离这文明的堕落之流。'

"当我累了，当我受够了，想在路边坐下来的时候，我就会想起贝鲁阿吉亚的那些囚犯，我唯一的渴望就是继续往前走。

"可是，当我在一个动物根本不想逃跑的地方——因为它们从来没有见过一个人——当沙漠无处不在，当旧世界可能化为尘土，沙漠没有一条裂缝，银色的天空没有一片云的时候，这是多么大的震撼啊！"

"您说得对，"我喃喃道，"在提迪凯尔特沙漠的中心，我也有过这样的感觉。"

在此之前，我一直听任他畅所欲言，不加干扰。后来我意识到我说这句不愉快的话是错误的。

他那令人讨厌的神经质的笑声又响了起来。

"哦，真的！在提迪凯尔特沙漠吗？亲爱的，我求你了，如果你不想让自己变得可笑，就不要回忆这些往事。真的，你让我想起了弗罗曼汀，或者可怜的莫帕桑。他大谈沙漠，只是因为他曾到过杰尔法——

那里离巴颂街和政府广场不过两天的路程，离歌剧大道也就四天的路程。因为他在布萨达附近见过一峰痛苦的骆驼在垂死挣扎，他就以为自己是在撒哈拉沙漠的中央，在古老的商队路线上……提迪凯尔特，那也算个沙漠！"

"可是，在我看来，那个因萨拉赫……"我有点生气地说道。

"因萨拉赫？提迪凯尔特！可是，我可怜的朋友，我上次去那儿的时候，到处都是旧报纸和空沙丁鱼罐头，跟星期天在文森特森林里的一样多！"

他明显想惹我生气，他的固执使我忘记了自己要矜持。

"当然，"我尖刻地回答道，"我从来没有远行到过……"

话没说完，我就停住了，但太迟了。

他直视着我的脸。

"到过哪里？"他平静地问道。

我没有回答。

"到过哪里？"他重复问道。

我坚持默不作声。

"你是想说到塔希特绿洲？"

根据官方报告，那个地方位于塔希特绿洲的东滩，距离蒂米绍一百二十公里。北纬二十三度五分，那位莫朗奇上尉被埋葬的地方。

"安德烈，"我脱口而出，"我发誓……"

"你发什么誓？"

"我从来无意……"

"提起塔希特绿洲？为什么不呢？你为什么不在我面前提起塔希特绿洲呢？"

我默默地恳求着，他耸了耸肩。

"白痴！"他只说了一个词。

我还没来得及再说一句话，他就走了。

但我的谦卑并没有使他心变软。第二天，这一点就得到了证实，他的脾气实在太坏了。

我刚起来他就进了我的房间。

"你能解释一下这是什么意思吗？"他问道。

他手里拿着一本团里的书。在他脾气暴躁的时候，他常常把书翻来翻去，希望能找到一些借口，让自己变得令人难以忍受。

这一次，他很幸运。

他打开书。当我看到一张很熟悉的照片时，霎时我的脸涨红得厉害。

"这是什么？"他轻蔑地重复道。

我在自己的房间里面仔细看米莱·德·C 的照片时曾让他惊讶。不幸的是，我常常误解他找我吵架的决心。

不过，我还是控制住了自己，把那张可怜的小照片锁在了抽屉里。

但我装腔作势的冷漠并没有使他平静下来。

"以后，"他说道，"请注意，不要把你们恋爱的纪念品乱放在公文堆里。"

他带着极具侮辱意味的微笑，补充道："刺激了古拉特，让他兴奋可不行。"

"安德烈，"我面如死灰，说道，"我强烈要求你……"

他挺直了身子。

"好吧，要求什么？我已经允许你提起塔希特绿洲了，不是吗？我想我有权利……"

"安德烈！"

此刻，他正恶狠狠地望着墙上，望着那幅小小的肖像，我刚才让它的复制品经历了这痛苦的一幕。

"好了，好了，请不要生气。不过，我们私下说，你得承认她有点瘦，不是吗？"

我还没来得及回答，他就消失了，嘴里哼着头天晚上那首可耻的副歌：

"A la Bastille, a la Bastille,

On aime bien, on aime bien,

Nini, Peau de Chien."

整整三天，我们谁也不理谁。我的愤怒难以言表。那么，我需要对他的隐喻负责吗？我每说两句话，总有一句含沙射影，这难道是我的错吗？

"这种状况令我无法忍受，"我心里想道，"不能再这么下去了。"

这一切很快就要结束了。

照片事件一周后，邮件到了。我刚刚看了一眼《时代》的目录，也就是我已经提到过的那本德国《评论》，我大吃一惊。我看到上面写着：两个法国军官莫朗奇和德·圣·阿维特在西撒哈拉沙漠探险。就在这时，我听到了同伴的声音："这些东西里有什么有趣的吗？"

"没有。"我漫不经心地说道。

"让我们来看一看。"

我服从了。我还能做什么呢？

我想他在读目录时脸色都变白了。然而，他不动声色，说道："你会把这本借给我，对吗？"

他走了出去，用蔑视的眼神看了我一眼。

这一天过得很慢，直到晚上我才再次见到他。他精神不错——可以说是非常好——这让我感到不安。

吃完晚饭，我们走了出去，靠在阳台的栏杆上。在那里，我们面朝东方，放眼望去，可以饱览沙漠的景色，而黑暗不断吞噬着沙漠。

安德烈打破了沉默。

"哦,对了,我把那本《评论》拿回来了。你是对的,没什么有趣的。"

他似乎被什么东西给逗乐了。

"你怎么了？"

"没什么。"我回答道，几乎说不出话。

"没什么？要我告诉你，你有什么问题吗？"

我用恳求的眼神看着他。

他耸了耸肩。"白痴！"他再次这么说。

夜幕迅速降临。只有米亚绿洲的南滩还保留着黄色的太阳余晖。一只小豺狼哀号着从岩石上冲下来。

"这只豺狼毫无缘由地号叫——坏兆头。"德·圣·阿维特继续无情地说道，"那么，你还不说话吗？"

我心情茫然，没有心情说话，结果却说出了这句话："多棒的一天啊！多么令人压抑的夜晚啊！一个人失去了存在感，谁也不知道……"

"没错，"德·圣·阿维特那奇怪而遥远的声音说道，"一个令人压抑的夜晚。我杀了莫朗奇上尉的那晚也是如此。"

莫朗奇和德·圣·阿维特的探险

　　"所以，你看，我的确杀了莫朗奇上尉。"第二天，在同一时间，同一地点，安德烈·德·圣·阿维特对我说道。他语气平静，丝毫没有考虑到前一天晚上我曾惊恐万分。

　　"我为什么要告诉你？我也不知道，也许是因为沙漠。你能承担起信任这副重担，并且能接受可能涉及的一切吗？我也不知道，但未来会证明的。目前只有一个明确的事实，我再重复一遍，我杀了莫朗奇上尉。

　　"我杀了他。既然你想让我告诉你确切的时间，你就会明白，我可不想费尽心思为你编个故事。我不喜欢无关紧要的事，如果我的故事从我第一次见到莫朗奇开始讲述，你一定会满意的。

"首先，我要告诉你，我不后悔认识了他，尽管他使我失去了名誉和内心的平静。且不说这是一种以怨报德的友谊，我杀了他是一种邪恶的忘恩负义的行为，因为对他而言，就是如此。并且我的生活之所以比我在欧索讷和其他地方的同辈人所过的琐碎生活更有意义，是因为他和他对摩崖石刻的全部知识。

"到此为止。现在来看看事实吧。"德·圣·阿维特向我讲述起了那次探险。

我第一次听到莫朗奇这个名字是在沃格拉的阿拉伯地区，我在那里任中尉。我不介意承认，当时我的脾气很坏。那时我们正处于困难时期，摩洛哥苏丹的敌意是潜伏着的。在图阿特，刺杀弗拉泰斯和弗雷斯卡利的计划已经在那里酝酿，这位先生纵容了敌人的阴谋。所有叛乱、劫掠和叛逃都与图阿特休戚相关，这里也是行踪不定的游牧民族的补给站。阿尔及利亚、提尔曼、康邦和拉斐里埃的总督们要求占领它。各作战部部长私下也同意他们的意见，但议会拒绝采取任何行动，因为他们害怕英国和德国，尤其是害怕有人权宣言的国家，宣言中规定反抗是最神圣的职责，即使反抗者是那些竭尽全力想要谋杀你的野蛮人。简而言之，军队所能做的就是谨慎地加强南方驻军，并在贝列索夫、哈西－埃尔－米娅、麦克马洪堡、拉勒曼德堡、米里贝尔堡建立新的哨所。但正如卡斯特里所说："堡垒困不住游牧民族，困住他们的胃才行。"他们的胃就是图阿特的绿洲。最好的办法是向他们如实描述那些针对我们的阴谋。

这些阴谋的主要策划者，无论过去还是现在，仍是塞努西人。他们的精神领袖迫于我们的军事措施，将兄弟会的总部从那里转移到提贝斯提高原（撒哈拉沙漠地区）的施密德鲁，一个非常遥远的地方。出于谦虚，我称之为"当局"，他们突然想到要在那些人最喜欢的地方——拉哈特、特玛西宁、阿德雅莫平原和因萨拉赫——追踪那些煽动者的踪迹。无论如何，你会发现这条路实际上和杰拉德·罗尔夫斯将军在 1864 年走过的路是一样的。

我已经通过两次探险扬名立万，一次是去阿加德斯，一次是去比尔马。阿拉伯地区的军官们把我看作塞努西问题上的权威之一。因此，我被要求接受这项新工作。

所以，我提议，如果能一举两得，我可以去西部的霍格尔偷窥一下，看看阿比塔伦的图阿雷格人和塞努西人之间的关系是否还像当年他们齐心合力屠杀哈特斯探险队时那样友好。我的建议立即得到批准。我原来的行程是这样被改变的：当我到达特玛西宁以南三百七十五英里的艾格拉斯切慕时，我不走直接去图阿特的阿芙拉特－因萨拉赫路线,而是在莫伊德尔和霍格尔山脉之间向西南走,然后前往谢赫萨拉赫。我们的敌人,提贝斯提的塞努西人和阿哈加尔的图阿雷格人,要到达图阿特,一定会沿着这条路走。如此一来,要多走五百里格的路。每个探险家都有自己的业余爱好,想到在途中我可以花一点时间来研究埃盖尔高原的地质构造,我感到很高兴,因为杜韦里耶和其他人对这个问题含糊不清,令人失望。

我离开沃格拉的一切准备就绪。所谓"一切",其实也没多少东西,就三峰骆驼。一峰是我自己的,还有一峰是我的同伴布杰马的。布杰马是一个忠实的查昂巴人,是我在埃尔探险的时候带着的,在我熟悉的地方,他不当向导,而是负责给骆驼装卸鞍子。第三峰载着我们的食物和饮用水袋,水袋很小,因为在我的努力下,我们早已经确定了水井的位置。

有些人在一百名正规军的护送下,甚至带着枪,开始这样的探险。我自己更喜欢杜尔斯和法国探险家卡耶这样的人——一个人去探险。

我与文明社会保持单线联系。当我正愉快的时候,一条官方命令来到沃格拉。

"德·圣·阿维特中尉,"它简短地宣布,"请推迟行程,直到陪同你远征的莫朗奇上尉到达。"

我非常失望,这次探险是我一个人的主意。你可以想象,为了得到当局的批准，我遭遇了多少困难。而现在，正当我陶醉于可以在沙漠中心与自己亲密交谈数小时的畅想时，却半路杀出了个程咬金，我不认识他，更糟糕的是，他还要当我的上级！

军官兄弟们的同情使我更加愤怒。

他们翻出了军队名单，得到了以下信息：

"莫朗奇（让·玛丽·弗朗索瓦），1881年晋升。名誉晋升。名列上尉（陆军地理部）。"

"原来如此，"一个人说道，"他是某个人的心头宝，被派去包揽所有的荣誉，而你只会遭受所有的打击。名誉晋升！腐败的骗局！"

"我不完全同意你的看法，"我们的指挥官说道，"议会里的人总是莫名其妙地搞事情，不幸的是，他们发现了德·圣·阿维特的真正目的：迫使手下占领图阿特。这个莫朗奇一定听命于陆军委员会。所有的人，包括各位代表、部长和省长，总是互相监视。总有一天，会发生一个非常有趣的故事。关于法国的殖民扩张，总是在当局不知情的情况下进行，除了不顾当局的反对，还是采取了行动这种情况。"

"不管是什么原因，结果都是一样的，"我痛苦地说道，"我们两个法国人，在遥远的南方，日夜互相监视。考虑到我们需要使出所有的聪明才智才能和敌人们打成平手，这样的前景令人愉快。那家伙什么时候来？"

"肯定是后天。有一支车队从盖尔达耶过来了。他很可能会跟着车队来，似乎一切都表明他不是那种懂得独自旅行的人。"

事实上，两天后，莫朗奇上尉和盖尔达耶的车队出现了。我是他第一个要见的人。

车队一进入我的视线，我就体面地退回到我的房间里去了。当他进来时，我并没表现出愉快，但我吃惊地意识到自己很难长时间不理睬他。

他个子很高，圆脸，气色很好，蓝眼睛带着嘲讽的意味，留着小黑胡子，头发已经快白了。

"我怎么道歉都不过分，亲爱的，"他立刻脱口而出，其态度之坦率是我在其他人身上从未见过的，"你一定恨透了那个打乱了你所有计划、耽搁了你行程的'程咬金'。"

"哦，天哪，别这样说，先生！"我冷冷地说道。

"这部分是怪你。正是因为你对南方路线的了解（巴黎人对这一切都很了解），我才想请您做我的赞助人，因为教育部、商务部和地理协会联合起来把这项使命给了我，派我到这里来。那些体面的和品行端正的达官贵人给我的确切工作是找到古老的商队路线。这条路线从九世纪起就在突尼斯和苏丹之间发挥作用，它经过托泽尔、沃格拉、埃斯苏克和布鲁姆弯道。这样做的时候，我将考虑有无可能恢复这条古

41

老辉煌的路线。在得到这些指示的时候，我在地理部听到了你们的探险队要出发的消息。我们从沃格拉走同一条路到谢赫萨拉赫，我必须承认这是我平生第一次尝试这样的探险。在东方语言学院上一个小时的阿拉伯文学课，不会令我打怵，但我意识到，在沙漠中问该向右拐还是向左拐会很尴尬。我得到了一个独特的机会来了解最新的情况，同时多亏了一位可爱的同伴。请你一定要原谅我，我抓住了这次机会，并动用了我所有的人脉来推迟你离开沃格拉的时间，直到我有时间来见你。除此之外，我只有一句话要说。我被委托执行一项重要任务，其起源使得它基本上是文明的。而你，是为陆军部工作的。在我们到达谢赫萨拉赫并分开之前，你负责图阿特，我负责尼日尔，你的建议和命令将由下属暗中执行，我希望这事也由一个朋友来完成。"

当他以他坦率而迷人的方式说话时，我享受着愉悦感，因为我发现自己所有最可怕的恐惧都烟消云散了。但我无法抗拒这种无礼的诱惑，我要跟他保持一定距离，因为他不征求我的意见就在远处安排了我的同伴。

"您太过奖了，先生，我非常感激。您要我们什么时候离开沃格拉？"他的手势表明他完全不感兴趣。

"你喜欢的时候就行，明天就可以，今晚也行。我拖了你的后腿，你的准备工作一定很早以前就完成了。"

我的小伙俩对自己不利。我没有指望在下周之前离开。

"明天可以吗，先生？但您的工具箱怎么办？"

闻听此言，他开怀大笑。

"我明白这是要让我尽量少带东西，带一些个人使用的物品，比如一些卫生纸。我的老骆驼很棒，携带这些东西毫不费力。剩下带什么，你可以建议，看一下沃格拉有什么资源。"

我被识破了，再没有什么可说的了，而且，这种坦率的思想和举止已经使我着迷，这委实有点奇怪。

"嗯，"我的军官兄弟们在喝酒时说道，"你们的这位上尉看上去很不错。"

"对。"

"你当然不会和他争吵。不过你得明白，不能所有的荣誉都归他。"

"我们不是为了同一个目标而工作。"我含糊其词地回答道。

我陷入了沉思——纯粹是陷入了沉思。我发誓，从那一刻起，我对莫朗奇的所有敌意都消失了，可是我的沉默使他们相信我仍然对他怀有恶意。后来，当人们开始怀疑这件事的时候，所有的人——每一个聪明的人——都说："他肯定是有罪的。我们看到他们一起走了，我敢发誓。"

我有罪……但对于嫉妒这种低级动机来说……多么令人作呕！

从那之后，我只有一个选择。逃走，逃到那些没有人思考和质疑这个问题的地方去。莫朗奇和指挥官手挽着手走了进来，指挥官似乎对这个新朋友很满意。他大声地介绍道："先生们，这是莫朗奇。如果烈酒是检验标准的话，他就是个老派的军官，我可以向你们保证。他想明天出发，但我们的工作是为他举行这样的招待会，使他在一两个小时内放弃这个想法。你能给我们至少一周的时间吗，莫朗奇？"

"这事我得听德·圣·阿维特中尉的。"莫朗奇微笑着回答道。

然后，谈话变得泛泛而谈。玻璃杯叮当作响，笑声不断。我听到我的军官兄弟们听了新来的人滔滔不绝、娓娓道来的幽默故事，都哄堂大笑。但对我自己来说……我从来没有如此难过。

转眼到了就餐时间。

"来，坐在我的右边，"指挥官说道，他越来越容光焕发，"我希望你从巴黎带来了好东西。你看，我们在这里已经落后于时代了。"

"遵命，先生，"莫朗奇说道，"请坐下，先生们。"

军官们服从命令，椅子发出一阵哗啦哗啦声。我的目光无法从莫朗奇身上移开，他还站着。"对不起，先生。对不起，先生们。"他说道。

在就座之前，在一群欢天喜地的宾客面前，莫朗奇上尉闭上了眼睛，嘴里念叨着餐前祷告词。

向北纬二十五度进发

"你看，"两个星期后，莫朗奇上尉说道，"你对撒哈拉沙漠古老小路的了解，比我想象的要多得多，因为你熟悉有两个塔德卡的存在。但是你刚才提到的塔德卡是伊本至巴图塔途中的那个塔德卡，这位历史学家认为从图阿特出发需要七十天的路程，而席尔默在未被开发的阿韦利米登地区提到这个时间是正确的。在十九世纪，桑海人的商队每年都要经过那个塔德卡访问埃及。

"我说的塔德卡是另一个，在伊本至哈尔敦的途中，位于沃格拉以南二十天的里程处，被戴面纱的种族确定为首都。伊尔·伯克利认为是三十天的里程，并称之为塔德梅卡。这就是我要去的塔德梅卡，必须在埃斯苏克的废墟中找到它。九世纪时,这条商业路线经过埃斯苏克,把突尼斯的杰里德和尼日尔在勃拉姆大拐弯处连接起来。正是出于恢复这条重要的古老路径的可行性研究,各部派我来执行这项任务,我很高兴能与你为伴。"

"毫无疑问,您会大失所望的,"我喃喃道,"在我看来,一切都表明今天那条路线上的交通流量微不足道。"

"我们边走边瞧吧。"他平静地回答道。

当时我们正沿着一个土褐色的盐沼湖岸前进。这片咸咸的广阔区域在晨曦中呈现出一片淡蓝色。我们的五峰骆驼迈开脚步,在这里投下了深蓝色的影子。每隔一段时间,就会有一只鸟———种苍鹭———飞起来,在我们头顶盘旋,仿佛被一根线吊着,我们一经过,它就又掉下来。此地荒无人烟,这种苍鹭是这片土地唯一栖息的动物。

我在前面,负责我们行进的方向。莫朗奇紧随其后,他披着一件白色的大斗篷,头戴一顶阿尔及利亚骑兵的直筒毡帽,脖子上挂着一长串黑色和白色珠子串成的念珠,末端有一个十字架,俨然一副白人教父的打扮。

在特玛西宁停了两天之后,我们刚刚离开弗拉泰斯走的路线,转向西南方向。我很荣幸在福罗之前介绍了特玛西宁的重要性,它是商队路线的交汇点,并选择了培因上尉刚刚建造的军营作为落脚点。特玛西宁位于费赞和提贝斯提到图阿特路线的交叉点，总有一天会成为一个出色的情报中心。我收集到的关于赛努西敌人行动的信息非常重要，可我注意到莫朗奇对我做的这件事完全不感兴趣。

这两天他一直在和那位老黑人看守谈话。老黑人平时负责守护灰泥圆顶下长眠的受人尊敬的穆萨西迪。很遗憾，我忘记了他和这位长官谈了些什么，但是，从那个老黑人令人惊讶的钦佩神情来看，我意识到自己对广袤的撒哈拉沙漠所隐藏的奥秘是多么无知，而对我的同伴来说，这些奥秘又是多么微不足道。

当一切都说过并做过，你对南方的生活方式就会熟悉起来，我要告诉你一些事情，让你对莫朗奇在我们这样的场合中所表现出来的惊人创意有一些了解。那地方离这儿正好一百二十五英里，离大沙丘很近。我们已经走了六天，这六天没有水喝，非常可怕。在到达第一口井之前，我们只剩下两天时间，你知道哈特斯对他的妻子说过："必须工作几个小时才能把这些井清理干净，人和动物才能喝到水。"我们遇到一支向东前往拉达梅斯的商队，但走得有点太北了。骆驼空空下垂的驼峰明确表明了驼队所经历的苦难。断后的是一头灰色的小毛驴，这头可怜的小驴每走一步都绊一跤。商人们已经把它的背包取了下来，因为他们很清楚它注定要死了。它本能地跟着，作出了最后的努力，因为它意识到它停止的那一刻就是它的末日。紧随其后的是秃鹫们忙碌的喧嚣。我喜欢动物，我有充分的理由喜欢动物甚于喜欢人。但我从来没想过要做莫朗奇做的事。我要解释的是，我们的水囊几乎全都空了，而我们自己的骆驼已经好几个小时没有水喝了，如果没有它们，我们在沙漠里肯定会束手无策。莫朗奇让他的骆驼跪下，取下一个水囊，给可怜的驴子喝了一杯水。看到这头可怜的动物卸载之后身体两侧不断地抽动，真是一件乐事，但我要对全队负责。我还看到了布杰马脸上惊讶的表情，以及那群口渴的人不以为然的表情。我提出了抗议，这件事引起的反响是多么强烈啊！

"我只是把我的水给它喝了，"莫朗奇回答道，"明天晚上六点左右，我们将到达伊尔·比奥多井。我知道这段时间我不会渴的。"

他说这些话的口气使我第一次观察起了这位上尉。"很容易看出他想干什么，"我心里很不高兴，对自己说，"他知道，只要他需要，我和布杰马就会随时把自己的水给他喝。"但我还不真正了解莫朗奇，事实是直到第二天晚上我们到达伊尔·比奥多井时，他微笑着拒绝了我们的一切邀请，一点水也没喝。

阿西西的圣·弗朗西斯的影子！呵，沐浴在清纯晨曦中的翁布里亚群山！就在这样的黎明，莫朗奇在一条从埃盖尔灰色岩石裂缝中倾泻而出的银色溪流的边缘停下了脚步。没有人注意到水在沙滩上翻滚，在沐浴着阳光的水中，我们看到了小黑鱼。撒哈拉沙漠中有鱼！我们三个人在这个矛盾的大自然面前都沉默了。水，真是太神奇了！

有一条鱼在沙滩上的一条小溪里误入歧途，躺在那里徒劳地扑腾着，露出了银白色的肚子……莫朗奇把它拿了出来，若有所思地看了一会儿，然后把它放回那条流动的小溪……圣·弗朗西斯的影子！哦，翁布里亚的群山！……但我已经保证不会因不合时宜的离题而破坏我所讲述的故事的统一性。

"你看，我是对的，"莫朗奇上尉一个星期后对我说道，"我建议你往南走一点，然后再去你的谢赫萨拉赫。直觉告诉我，你对埃盖尔山脉不感兴趣。你只要弯下腰把这里的石头捡起来，就能证明这一带的火山起源，其影响力比布·德尔巴、克罗瓦索和马里斯博士所做的还要大。"

这时，我们正沿着提菲斯特山的西坡，向北纬二十五度方向进发。

"如果我不表示感激，那就太无礼了。"我说道。

我永远不会忘记那一刻。我们从骆驼上下来，开始收集典型的岩石碎片。莫朗奇的工作方式充分说明了他对地质学的了解，而他自己却经常否认自己拥有这些知识。

在这一点上，我提出了以下问题："我能通过忏悔来表达我对你的感激吗？"

他抬头看了我一眼。

"请讲。"

"我看不出你正在执行的任务有什么实际意义。"

他微微一笑。

"这是怎么回事？探索古老的商队路线。证明从最早的古代起地中海世界和黑人国家之间就有联系。这对你没有任何意义吗？希望能一劳永逸地解决这个古老的争论，它困扰了许多有才干的人。关于此话题，安维尔、希伦、伯利乌和季特雷梅尔站在一边，戈斯琳、瓦尔奇纳尔、蒂梭、薇薇安·德·圣马丁站在另一边。你把这叫作毫无吸引力吗？老兄，取悦你可真难。我指的是实际利益，"我说道，"你不会否认，这种争议只会让纸上谈兵的地理学家和探险家感兴趣。"

莫朗奇一直在微笑。

"别打击我了，我亲爱的朋友。记住，你的工作是陆军部派给你的，而我则是教育部派来的。源头不一样，目标自然就不一样。"

"你也是商务部派来的，"我有点恼火，回答道，"在这个项目下，你们已着手研究恢复九世纪古代商业路线的可能性。你不必在那件事上开我的玩笑，你对撒哈拉沙漠的历史和地理都很了解，在你离开巴黎之前，你的头脑是很清楚的。从杰里德到尼日尔的路线死气沉沉，你知道那条路线的交通问题永远不值得被谈论，尽管你已经着手研究恢复交通的可能性。"

莫朗奇直视着我的脸。"如果是这样的话，"他带着一种友好而超然的神情说道，"如果我在离开之前就有了你所相信的那种信念，那么你知道该得出什么结论吗？"

"我洗耳恭听。"

"亲爱的，就是这么简单：我不像你那么聪明，不善于为我的旅行找借口，我找的理由也没有你的那么充分，无法掩盖我到这里来的真正动机。"

"借口？我不明白……"

"请真诚些，轮到你了。我确信你非常急于向阿拉伯部门提供塞努西教团阴谋的情报。但得承认，提供这些信息并不是你旅行的唯一和私人动机。你是地质学家，我的朋友。这次探险给你提供了一个满足自己爱好的机会。没有人会指责你，因为你能够调和对国家有价值的东西和对你自己有利益的东西。但看在上帝的分上，不要否认。我不需要别的证据，只需要你来到此地，来到提菲斯特山脚下，从矿物学的角度看，这个地方无疑是非常奇特的。但要探索它，你得从你的正式路线往南走一百英里。"

他一语中的，我亦反唇相讥。

"难道我要从这一切中推断出我不知道你此行的真正目的，并且你的目的与此行的正式目的毫无关系吗？"

这次我做得有点过分了。我从莫朗奇严肃的回答中意识到了这一问题。

"不，亲爱的，你不能这样做。对那些认为我值得信任和资助的有价值的机构，我不应该对一个因欺骗而更加恶化的谎言加以利用。我将尽我最大的努力去完成分配给我的任务。但我没有理由向你隐瞒另一件事，事关私人，与我的关系更为密切。如果你愿意听，我也不在乎措辞，第一种是手段，最后一种是结果。"

"我这样问是不是不慎重？"

"当然不是，"我的同伴回答道，"我们现在距离谢赫萨拉赫只有几天时间了，不久我们就要分开了。你曾经一心一意引导他踏上撒哈拉沙漠的那个人不应该对你有任何秘密。"

我们在一条干涸小河边的山谷里停了下来，那里有几株可怜的植物正在发芽。在靠近泉水的地方，边缘是灰绿色的。已经在夜间卸下货物的骆驼在沙漠里的多刺灌木丛边撒欢觅食。

我们头顶上方，黑色的提菲斯特山脉光滑的山壁几乎是垂直的。寂静的空气中，布杰马正为我们做饭，蓝色的烟圈从火中袅袅升起。

没有声音，没有一丝风。烟慢慢地直上天空。

"你听说过《基督教图集》吗？"莫朗奇问道。

"我应该听说过。这不是本笃会徒们在一个叫多姆·格兰杰的人的指导下出版的地理学专著吗？"

"一语中的，"莫朗奇说道，"不过，让我来给你讲讲这件事的一些细节吧，你对这件事的兴趣不如我。《基督教图集》旨在为基督教在世界各地的大规模传播设定界限。这本书值得本笃会徒们和多姆·格兰杰这样一位了不起的学者学习。"

"所以你是来确定这个区域的界限的？"我低声说道。

"是的。"我的同伴说道。

他停住了，我尊重他的沉默。我下定决心对什么都不感到惊讶。

"说起心里话，却又戛然而止，真是可笑，"他沉思了几分钟，接着说道。他的声音突然变得严肃起来，只剩下了一丝轻快的戏谑。一个月前，瓦格拉的年轻军官们曾因这种戏谑而欢欣鼓舞。"你会听到一切的，但你一定要相信我的判断力，不要在我私生活的某些事情上逼我。你对四年前那些促使我进修道院的事不感兴趣。一个毫无兴趣的人进入我的生活，就足以改变我的职业生涯，对此，我自己只能感到惊讶。我只能感到惊讶，一个人唯一的价值就是其美丽的生命，被造物主指派以如此意想不到的方式影响我的命运。我敲门而入的修道院有充分的理由怀疑这种职业的持久性。总之，我只能同意神父的意见，因为他禁止我当场递交辞职书。我是一名上尉，前一年获得了荣誉晋升。在他的命令下，我请求调到预备役部队服役三年。三年后，我们就会知道，对于你那卑微的仆人来说，这个世界是不是真的死了。

"就在我到达修道院的那天，我就被多姆·格兰杰差遣，去参与著名的《基督教图集》的绘制工作。经过短暂的考察，他就能判断出我对他有什么用处。就这样，我进入了北非制图的部分。我一句阿拉伯语也不懂，但驻扎在里昂的时候，我碰巧听过伯利乌在文学院的讲座。毫无疑问，他是一位才华横溢的地理学家，但他痴迷于一个想法：研究希腊和罗马文明对非洲的影响。这对多姆·格兰杰来说已经足够了。他立即给我提供了柏柏尔人的冒险旅行词典《德拉波特词典》和《布罗斯拉德词典》、斯坦霍普·弗莱曼的《坦德达克语法纲要》和汉诺托少校的《坦德切克语法概论》。三个月后，我能够破译手边任何蒂菲纳的铭文。你知道蒂菲纳语是图阿雷格人的国语，是特玛切克语的一种形式，在我们看来，这似乎是塔基族面对敌人的一种奇怪的抗议。

"的确，多姆·格兰杰确信图阿雷格人是基督徒，成为基督徒的具体日期还有待确定，但无疑与希波朋教堂的辉煌时期是一致的。你比我更清楚，对他们来说十字架是宿命的象征。杜韦里耶发现，它出现在他们的字母表上、武器上和衣服的图案上。唯一在额头和手背上的文身是一个四肢等长的十字架；他们马鞍的鞍桥、剑和匕首的柄都是十字形的。几乎不需要提醒你，尽管铃铛被伊斯兰教禁止作为基督教的象征，图阿雷格骆驼的饰品上都点缀着小铃铛。

"我和多姆·格兰杰都没有过分重视这些证据，它们太像《基督的精灵》里的那些证据了。但是，毕竟，我们不可能完全否定某些神学论点。亚蒙，图阿雷格人的神，以及《圣经》中无可辩驳的阿东，都是独一无二的。他们有地狱，叫作蒂姆希·坦·埃尔德克哈特，意思是'最后的火'。那里有伊布利斯，我们所谓的魔鬼在统治。他们也有天堂，天使都住在天堂，在那里善有善报；你必须承认他们的神学和《古兰经》有相似之处，否则我就提出历史论点，提醒你，多年来，图阿雷格人一直在斗争，直到最终灭绝，以维护他们的信仰。

"我经常和多姆·格兰杰一起研究这部伟大的史诗，在这部史诗中，当地人顽强抵抗阿拉伯征服者。我和他一起看着先知的同伴之一奥克巴西迪的军队冲进沙漠，制服伟大的图阿雷格部落，并将伊斯兰教的法典强加于他们。这些部落当时都很富有，矿产丰富。有埃豪格嘉润、艾米戴德润、奥德林、凯尔古拉斯、凯尔艾尔等部落。他们内部的冲突削弱了他们的抵抗。然而，他们表现出了强大的抗争精神，经过一场漫长而可怕的战争，阿拉伯人才成功地占领了柏柏尔人的首都。他们在屠杀了居民之后，又摧毁了它。奥克巴西迪在它的废墟上建立了一个新城市，这个城市就是埃斯苏克，被奥克巴西迪摧毁的是柏柏尔人的塔德梅卡城。而多姆·格兰杰要我做的，就是从伊斯兰教徒的埃斯苏克城的废墟中，挖掘出柏柏尔人的，也许还有基督徒的塔德梅卡城的踪迹。"

"我明白了。"我喃喃道。

"到目前为止，一切顺利，"莫朗奇说道，"你现在必须得理解的是这些宗教人士的实际意识。他们是我的老师。记住，即使是经过三年的修行，他们仍然怀疑我的职业。这个建议给了他们一次彻底检验的机会，同时他们也可以利用官方设施为自己的目的服务。一天早晨，在多姆·格兰杰的默许下，我被修道院院长召见。他在多姆·格兰杰面前是这样说的，你的试用期再过两周就到期了。你要回巴黎，请求重新进入部里。你在这里学到的知识加上我们与总参谋部的关系，把你借调到陆军地理处不会有任何困难。你到了格莱奈尔街，就会收到我们的指示。

"我对他们对我的信任感到惊讶，等我重新当上了地理处的上尉，我就明白了。在修道院，跟多姆·格兰杰和他的弟子们交往，使我不断意识到自己学识有限。但与我的军官兄弟们接触后，我开始明白我在修道院接受的教育具有优越性。我没有必要为这次远征的细节而伤脑筋。各部以他们自己的名义找到我，敦促我接受。只有一次，我不得不主动出击：听说你要离开沃格拉去旅行，我有理由怀疑自己作为一个探险家的能力，我竭尽所能推迟你的行程，以便与你一起。我希望你已经克服了烦恼。"

光线正在向西退去，太阳在那里沉下去，披上了一件梦幻的紫色长袍。在这无边无际的黑色岩石脚下，只剩下我们。除了我们，什么都没有。什么都没有，除了我们，什么都没有。

　　我向莫朗奇伸出手，他紧紧抓住了我的手，然后说道："即使道阻且长，我的任务也完成了。我终于在修道院里发现，我忘记了那些我从未想过要做的事情，这么说吧：现在看来，在我们到达谢赫萨拉赫之前，我还有一百英里左右的路程要和你一起走，在你的陪伴下，剩下的一百多英里路似乎不再漫长。"

　　一颗新星倒映在小泉的淡水里，一动不动，像一根银钉一样。

　　"谢赫萨拉赫，"我喃喃道，心里充满了一种说不出的忧郁，"耐心点！我们还没到那里。"结果，我们永远也到不了了……

摩崖石刻

莫朗奇用他那根包有铁皮的棍子从山的黑色一侧敲下一块岩石。

"这是什么石头？"他一边问，一边把石头递给我看。

"橄榄岩玄武岩。"我答道。

"这难道不有趣吗？你只是瞥了一眼就知道了。"

"恰恰相反，它非常有趣。但是，就目前而言，我承认我还有别的事要考虑。"

"什么事？"

"看看那边。"我指着西边白色平原外地平线上的一个黑点，说道。

当时是早晨六点。太阳已经升起来了，但是在覆盖着天空的那层薄膜后面，却看不见太阳。没有一丝风，一丝风也没有。突然，我们的一峰骆驼发出了一声喊叫。一只巨大的羚羊从地上跳了起来，疯狂地把头撞在岩壁上。

它站在离我们几码远的地方，惊慌失措，只见它那细长的腿在发抖。

布杰马已回到我们身边。

"当莫霍尔的腿颤抖时，擎天柱也很快会动摇。"他低声说道。

莫朗奇看了看我，然后回头望着地平线上那个黑点，它现在已经变大了一倍。

"风暴就要来了，是不是？"

"没错，风暴就要来了。"

"那么，你担心吗？"

我没有马上回答。我和布杰马说了几句话，他正忙着控制那些骆驼，它们变得紧张起来。

莫朗奇重复了他的问题。我耸了耸肩。

"担心？我不知道。我从没在霍格尔见过风暴，但我对此表示怀疑。看起来这回真不同寻常。再说，看看这个。"

在平坦的岩石上升起了一层轻尘。在完全静止的空气中，几颗沙粒开始以越来越快的速度旋转，直到使人头晕目眩，让我们从微观的角度预先感受了即将发生在我们身上的事情。

一群野鸟飞过，发出刺耳的叫声。它们从西方飞来，飞得很低。

"它们是飞向阿曼得高盐沼地的。"布杰马说道。

"这就说明问题了。"我心想道。

莫朗奇诧异地望着我。

"我们下一步该怎么办？"他问道。

"立即骑上我们的骆驼，动作要快，在它们失控之前找到一个更高的地方避雨。想想我们的处境，沿着干涸的河床走固然很好，但也许不到一刻钟，暴风雨就要爆发了。在不到一刻钟的时间里，就会有频繁的激流冲到这里。在这坚硬的地面上，雨水会像一桶水洒在柏油路面上一样滚动。没有深度，只有高度。再说，你看那边！"

我指了指十码高的地方，岩石走廊的一侧由于以前的侵蚀留下了长长的平行痕迹。

"再过一个小时，水就会涨到这个高度。这是上次洪水的痕迹。快！我们开始行动吧。时不我待，一刻也不能浪费。"

"好吧！"莫朗奇镇定地说道。

我们费了很大的劲才让骆驼跪下来。当我们每个人都爬上驼鞍时，它们因恐惧而变得越来越疯狂，飞快地奔跑起来。

突然，刮起了一阵可怕的风，几乎与此同时，阳光似乎从峡谷中消失了。眨眼间，头顶上的天空比走廊黑色的岩壁还要暗。我们在走廊里以极快的速度飞奔。

"岩石上有出口！"我在风中向同伴们喊道，"如果在下一分钟内我们没有碰到一个，一切都完了。"

他们没有听见我的话，但我转过身来，看见他们保持着一定的距离，莫朗奇紧跟在我的后面，布杰马断后，以出色的骑术驱赶着前面两峰驮行李的骆驼。

一道炫目的闪电划破了黑暗。一阵轰隆隆的雷声，在岩壁上回响，直到消失在无限远处，紧接着又有零落的大水珠开始落下来。我们一路飞驰，带有头巾的阿拉伯袍子在身后飘着，但刹那间就粘在了我们湿漉漉的身上。

"得救了！"我突然大叫一声。

在没有任何征兆的情况下，我们右边的墙上出现了一道裂缝。原来这是一条河道的河床，是那天早上我们不幸走入其中的那条河的支流，几乎是垂直的。

我从未欣赏过骆驼在攀登险峻之处时那无与伦比的稳健。只见它们绷紧身体，伸直粗壮的腿，跃过雨水冲动的岩石，在这短短时间内所完成的动作，大概比比利牛斯的骡子都要厉害。

经过数秒钟超人般的努力，我们终于脱离了危险，来到一个玄武岩平台上，从五十码高的地方俯瞰着这条差点使我们丧命的河道走廊。

我们运气不错，终于发现身后出现了一个小岩洞。布杰马设法让骆驼在那里避雨。我们站在洞口，静静地观察着眼前的奇观。

我想你在查隆斯看过炮兵训练吧？你见过马恩河附近白垩质的地面在炸药作用下翻滚，就像我们在学校里把一点电石放进墨水瓶里出现的样子。它膨胀、上升，在外壳爆裂的炸裂声中冒泡。嗯，差不多就是这样，但是这种场景居然出现在了沙漠腹地，而且是在黑暗中。雷声隆隆，白色的水带着泡沫，冲到黑色的鸿沟底部，沿我们所站的岩石上升。在洪水作用下，岩壁的根基部位开始垮塌，发出更为响亮的声音。岩壁成片垮塌，碎成碎片，几秒钟内就被漩涡卷走了。

在洪水持续的这段时间里，大概一两个小时吧，莫朗奇和我一言不发地站在那里。天似穹庐，笼盖四野。我们斜着身子，不管发生什么，都急于去看，不断地看。我们有一种说不出的恐惧，但又感到非常愉快，因为我们所藏身的玄武岩顶，在水以攻城槌的力量击打下，颤抖不止。所谓惊涛拍岸，莫过于此。我心想，我们谁都不希望这场噩梦结束，实在是太刺激了。

终于，一缕阳光照了进来。然后，直到这时，我们才面面相觑。

莫朗奇把手伸向我。

"谢谢。"他简单地说道。

他微笑着，补充道："如果我们在撒哈拉沙漠中淹死，那将是戏剧

62

性的，并且是无比荒谬的。我们能从出乎意料的死神手中逃脱，全靠你头脑冷静。"

哦，为什么他的骆驼没有跌倒并让他滚进激流？！倘如此，那之后的事情就永远不会发生了：这是我在软弱的时候会想到的。但是，正如我告诉过你的，我很快又能控制住自己了。不，不，我不会，我不能为后来发生的事感到后悔。

莫朗奇离开我，走进了小岩洞，布杰马的骆驼在那里面发出心满意足的咕噜声。只剩下我一个人，看着河水在湍急的支流汹涌下，不停地上涨、上涨。雨过天晴，阳光照耀，天空更蓝了。我能感觉到我的衣服，一分钟前还是湿透的，此时正在我身上变干，速度之快令人难以置信。

我感到有一只手搭在我的肩膀上。莫朗奇又回到了我身边。他的脸上露出一种满意的微笑，很不寻常。

"来！"他说道。

我有些不解，跟在他身后。我们走进了洞穴。

这个洞口够大，骆驼可以进去，阳光也可以照进来。莫朗奇带我爬上了对面一面光滑的岩壁。

"看！"他带着难以掩饰的喜悦说道。

"哦？"

"哎呀！难道你看不到吗？"

"我看到有一些图阿雷格人的文字，"我有点失望地回答道，"但我记得我告诉过你，我不擅长阅读蒂菲纳文字。这些摩崖石刻比我们已经见过几次的那些更有趣吗？"

"看那个。"莫朗奇说道。

他的声音中有一种胜利的腔调，这一次他引起了我的注意。

我又看了一眼。

这是一幅刻有字母的十字形摩崖石刻。它在这个故事中起着非常重要的作用，所以我必须给你描述一下它，是这样的：

这幅石刻很端正，上面的字在岩石上刻得相当深。虽然当时我对此石刻所知不多，但我毫不费力地看出这些文字非常古老。

莫朗奇仔细地审视，越来越满意。

我疑惑地看着他。

"好！你怎么看？"他说道。

"你想让我说什么？我再说一遍，我几乎无法破译蒂菲纳文。"

"要我帮你吗？"我的这位同伴说道。

在我们刚刚经历了这些之后，进行这样一场关于摩崖石刻的讲解，退一步说，似乎不合时宜。但显而易见，莫朗奇喜不自胜，我不能让自己破坏他的心情。

"很好，那么，"我的同伴开始讲，他很自在，就像在黑板前一样，"关于这段文字，你首先会注意到的是它以交叉形式重复。也就是说，它由一个单词组成，一个垂直向下写，一个从右向左写。由于这个单词由七个字母组成，第四个字母 I 当然是中心。这种安排，在蒂菲纳的摩崖石刻中是独一无二的，本身就相当了不起，但更妙的还在后面。现在让我们来破译它。"

七个字母有三个我都认错了，在莫朗奇耐心的帮助下，我终于成功地拼出了这个单词。

"明白了吗？"当我完成我的任务时，莫朗奇眨了眨眼说道。

"比以前更差了。"我回答道，有点恼火。

"我已经拼出了这个单词：A、N、T、I、N、H、A……是 AN-TINHA，在我所知道的撒哈拉方言中，我不知道有任何类似或接近这个词的词。"

莫朗奇搓了搓手。他的欢呼变得毫无道理。

"你说对了！这正是这个摩崖石刻的独特之处。"

"怎么解释？"

"在阿拉伯语或柏柏尔语中，确实没有类似的词。"

"嗯，然后呢？"

"那么，我亲爱的朋友，我们面对的就是一个译成蒂菲纳文的外来词了。"

"你认为这个词属于什么语言？"

"首先，你必须记住'E'这个字母在蒂菲纳字母表中是不存在的。在这里，它已被最接近的声符'H'所取代。把它替换到这个词的对应位置，你就能得到……"

"得到 ANTINEA。"

"对，ANTINEA，正是这个词。这是一个希腊单词，再现于蒂菲纳文。现在我想你会同意我的发现很有趣。"

那天我们的研究没有取得任何进展。这时，传来一声痛苦的喊叫，非常吓人。

我们立即冲到外面，眼前出现了一幅奇怪的景象。

虽然现在天空已经很晴朗了，但黄色的漂着泡沫的激流仍然顺着曾经的干枯河床咆哮而下，丝毫没有减弱的迹象。在河水中游着一个奇怪的东西，灰白色的，在水面上轻轻摆动，正拼命地顺流而下。但更让我们惊讶的是，布杰马踩着掉落的岩石碎片奔跑，好像在追逐那个漂浮物。布杰马平时很冷静，现在却似乎疯了。

我突然抓住莫朗奇的胳膊。那个灰色的物体苏醒过来了，一条长长的脖子伸了出来，引人注目。接下来的叫声令人心碎，仿佛是一个发狂的动物发出的。

"这个笨手笨脚的傻瓜！"我高声说道，"他放走了一峰骆驼，激流把它给卷走了。"

"你错了，"莫朗奇说道，"我们所有的骆驼都在山洞里。布杰马在追的不是我们的。我们听到的痛苦的呼喊不是布杰马发出的。布杰马是一个勇敢的查昂巴人，此刻他的脑子里只有一个想法：为了自己的利益去抢救这峰漂浮的骆驼。"

"那是谁发出的呢？"

"我们去看看吧，"我的同伴说道，"我们逆流而上，让我们的向导往相反的方向跑吧。"

还没等我回答，他就已经爬上了岩石嶙峋的斜坡，最近的骚乱使它变得比以往任何时候都难爬。

就在这一刻，可以说，莫朗奇是出去迎接他的命运。我跟在他后面，我们艰难地前进了两三百码。最后，我们看到脚下有一条小溪，水花四溅，开始消退。

"看！"莫朗奇说道。

一捆黑色的东西漂浮在小溪的水面上。

当我们走到悬崖边时，发现那是一个穿着深蓝色长袍的图阿雷格男人的尸体。

"帮我一把，"莫朗奇说道，"用另一只手抓住岩石。"

他很强壮，非常强壮。不一会儿，他就把那具尸体拖到了岸上，仿佛它是个玩具。

"他还没有死，"他满意地说道，"现在我们必须把他带到洞穴里去。这里不能进行人工呼吸。"

他用有力的双臂抱起了那人。

"以他的身高来说，他的身体如此轻盈，真是令人惊讶。"

当我们回到洞穴的时候，这位塔基族人的衣服几乎都干了，但上面的颜色已经掉光了。原来莫朗奇救的是一个身穿靛蓝色衣服的人。

我给他喝了一杯朗姆酒后，他睁开了眼睛，看见我们后他大吃一惊，然后又闭上眼睛，用几乎听不清的阿拉伯语低声说了一句话。过了几天，我们才明白这句话的意思："我能完成我的任务吗？"

"他说的任务指的是什么？"我说道。

"让他醒过来，"莫朗奇回答道，"喂，打开一听肉罐头。对待这类人，不必像对待溺水的欧洲人那样采取必要的预防措施。"

我们救下的确实是一个真正的大汉。他的脸虽然很瘦，却很匀称，几乎可以称得上英俊。他面色清朗，胡须稀疏。他的白发显示出他大概六十岁左右。

当我把一盒咸牛肉放在他面前时，他的眼里闪过一丝贪婪的喜悦。这个盒子里装着一顿丰盛的饭菜，可以满足四个人的胃口。眨眼间，他就把这些食物吃光了。"好了，"莫朗奇说，"真是个大胃王！现在我们可以问心无愧地提问了。"

这位塔基人已经在他的头上和脸上戴上了仪式用的蓝色面纱。他一定是饿坏了，才没有早点注意到这一重要的礼节。现在我们只能看见他的眼睛在注视着我们，他眼睛里的光芒越来越阴险。

"法国军官。"他终于低声说道。

然后，他拉起莫朗奇的手，放在他的胸前，然后放到他的唇边。

突然，他的眼里流露出焦虑的神情。

"我的骆驼呢？"他问道。

我向他解释，我们的向导正在救那峰骆驼。轮到他了，他告诉我们，它是如何跟跄着滚进激流的。他在后面拉住骆驼，试图把它拉回来。结果他的头撞到了一块石头上。他大喊了一声。后来他什么也想不起来了。

"你叫什么名字？"我问道。

"埃格·安图恩。"

"你属于哪个部落？"

"凯尔塔哈斯。"

"凯尔——"

"凯尔塔哈斯人是瑞拉人的农奴，他们是霍格尔的大贵族？"

"是的。"他回答，斜眼看着我。他似乎不喜欢这些关于霍格尔的尖锐问题。

"如果我没弄错的话，凯尔塔哈斯人住在阿塔克的西南侧。"

"我正要穿过提特到因萨拉赫去。"他说道。

"你打算在因萨拉赫做什么？"他正要回答。但突然，我们看到他浑身发抖。他的眼睛盯着山洞里的什么东西。我们顺着他的目光看去，是一小时前让莫朗奇非常高兴的摩崖石刻。

"你认得吗？"莫朗奇突然好奇地问道。

这位塔基人什么也没说，但他的眼睛里流露出一种奇怪的光芒。

"你认得这个？"莫朗奇坚持问道，然后又补充道，"是 ANTI-NEA 吗？"

"是 ANTINEA。"那个人跟着他重复了一遍。

然后他默不作声了。

"回答上尉，好吗？"我叫了起来，感到一种奇怪的愤怒涌上心头。

这位塔基人望着我。我以为他要开口说话了，但他的眼神突然严肃起来。我觉得他的神情在闪亮的面纱后也变得严肃了。

莫朗奇和我转过身来，只见布杰马出现在山洞洞口，气喘吁吁，狼狈不堪，因为一个小时的徒劳无功而感到苦恼。

吃生菜的不良后果

当埃格·安图恩和布杰马面对面时，我想我看到了塔基人和查昂巴人都颤抖了一下，尽管他们都立刻控制住了自己。我再说一遍，那只是一个短暂的印象，转瞬即逝。

然而，这使我决定，当我们单独在一起的时候，我要更仔细地询问一下我的向导和我们的新同伴。

这一天从一开始就搞得我们非常疲惫。因此，我们决定休整一下，结束这种状态，于是便在洞穴里过夜，以得到彻底的休息。第二天早上，当我在地图上查找我们的路线时，莫朗奇出现了。我注意到他看上去有点难为情的样子。

"三天内我们将到达谢赫萨拉赫，"我告诉他，"如果骆驼能铆足劲赶路的话，也许明天晚上就可以到。"

"我们也许在那之前就要分别了。"他说道。

"什么意思？"

"是的，我稍微修改了一下我的路线。我已经放弃了直接去蒂米绍的想法，我想先挤到霍格尔那群人中间去。"

我皱起了眉头。

"这是什么新想法？"

与此同时，我看着埃格·安图恩，我在前一个晚上和几分钟前看到他和莫朗奇交谈过。他正平静地用布杰马给他的防水线缝补他的一只凉鞋。

他没有抬头看我。

"是这条路，"莫朗奇解释道，神色越来越不安，"这个人告诉我，在霍格尔西部的一些洞穴里，有更多这样的摩崖石刻。这些洞穴离他回家的路很近，他必须经过提特。从提特到蒂米绍，经锡莱特（阿尔及利亚地名），不到二百英里。这是一次堪称经典的旅行，我们分开后，我一个人从谢赫萨拉赫到蒂米绍应该走的路程只有一半。你看，也是部分原因促使我……"

"部分？说得很对，"我回答道，"可是你决定了吗？"

"是的。"他回答道。

"你打算什么时候离开我？"

"最好就是今天。埃格·安图恩打算进入霍格尔的那条路与这条路交叉，离这里大约四里格（约二十公里）。"

"顺便说一句，我想请你帮个小忙。"

"请讲。"

"因为我的塔基同伴丢了他的骆驼，我想请求你把两峰驮行李的骆驼借给我一峰。"

"你的驮骆驼和你的鞍骆驼一样，都属于你。"我冷冷地回答道。

有好一会儿我们谁也没说话。莫朗奇尴尬地保持着沉默，而我在查看地图。

霍格尔的未开发地区，尤其是在南部，在已开发过的深色山脉中，留下了太多太多的空白地带。

最后我说："你答应我，在你看完这些著名的石窟之后，你会经由提特和锡莱特回到蒂米绍，好吗？"

他看着我，满脸困惑。

"你为什么要这样要求我？"

"因为如果你答应我，我就会和你一起走，当然前提是我的陪伴不会使你感到不愉快。我现在离那里只有一百五十英里了。我将从南方而不是从西方到达谢赫萨拉赫，就是这样。"

莫朗奇看着我，显然很感动。

"你为什么要这样做？"他喃喃道。

"我亲爱的朋友，"这是我第一次对莫朗奇说这样的话，"我亲爱的朋友，我拥有一种在沙漠中变得异常敏锐的感觉——察觉危险。昨天上午暴风雨之前，我给你打了个样。尽管你学识渊博，在我看来，你并没有真正意识到霍格尔是什么样子，也没有意识到你在那里会遇到什么。鉴于此，我还是不要让你一个人去冒险了。"

"我有向导。"他带着迷人的天真说道。

埃格·安图恩仍然蹲坐在自己的脚跟上，继续修补他的凉鞋。

我向他走去。

"你听到我刚才对上尉说的话了吗？"

"听到了。"这位塔基人平静地回答道。

"我和他一起走。我们将在提特和你分别，你要确保我们顺利到达。你打算把上尉带到什么地方去？"

"不是我提议的，是他让我提的。"这位塔基人冷冷地说道，"要想看这种石刻所在的石窟，要向南走三天的路程。这条路的第一部分相当崎岖，但之后会有一个弯道，你会毫不费力地到达蒂米绍。泰托克的图阿雷格人对法国人很友好，也有甜水井给骆驼饮水。"

"你熟悉这条路？"

他耸了耸肩，眼睛里带着轻蔑的微笑。

"这条路我走过二十回了。"他说道。

"好，那么我们出发吧。"

我们向前行进了两个小时。期间，我没和莫朗奇说过一句话。我很清楚地意识到，在撒哈拉沙漠最不为人知的危险地区，用生命冒这样的险是多么愚蠢。在过去的二十年里，所有阻止法军前进的攻击都来自这个可怕的霍格尔。可是怎么办呢？我支持这个疯狂的事业完全是出于我自己的自由意志。开弓没有回头箭，已经来不及回头了。如果一直装出一副坏脾气来破坏自己慷慨的建议，那又有什么好处呢？此外，我得承认，旅途之中这个新转折并没有使我不愉快。从那一刻起，我觉得我们正在进行大冒险，此险闻所未闻。人从来都是沙漠的客人，这不是没有原因的，它迟早会控制你。即使优秀的军官也会被压垮，胆怯的军官更会背弃自己的责任感。在这些神秘的岩石后，在这些使最伟大的探索奥秘的人感到困惑的沙漠无人区外，有什么呢？

我们出发了，我告诉你，我们出发了！

"你果真确定这个摩崖石刻足以证明我们将要做的事是正确的吗？"我问莫朗奇。

我的同伴愉快地开口。我理解自从我们启程后，他对我不想和他一起走有一种恐惧。从我给他机会让他相信自己的那一刻起，他的顾虑就消失了，他的胜利似乎已成定局。

"从来没有！"他回答道，他的声音表明他本来是有意深思熟虑的，实际上却透露出了他的热情。"从未有人在这么低的纬度发现过希腊石刻。这里提到的极端点出现在阿尔及利亚和昔兰尼加的南部地区。可是在猪耳岩洞！的确，那是蒂菲纳的文字。但这种特性并没有减少事物的乐趣，反而增加了它的乐趣。"

"在你看来，这个词是什么意思？"

"ANTINEA 只能是一个专有名词，"莫朗奇说道，"这适用于谁？我承认我不知道，我现在之所以要往南走，还要拉着你一起走，是因为我想补充一下情报。它的词源？不止一个，可能有三十种起源。记住，蒂菲纳语的字母表绝对和希腊语不一致，这大大增加了起源的可能性。你想让我推荐一些吗？"

"我正要问你呢。"

"很好，首先，根据希腊文，意思是'船前有个女子'。这个解释会让加法雷尔和我尊敬的朋友伯利乌高兴的。这完全可以用于船头的雕刻人物上。

"然后，根据这里的希腊字母，意思是'圣坛前的女子'，也就是女祭司。从各个角度来看，这个解释都让吉拉德和凯南高兴。

"你再看这里的希腊字母，可能有两重含义，要么是'她是年轻的反面'，也就是说'年老的'，要么是'她反对新鲜事物'，或'青春的敌人'。

这几个希腊字母还有另外一个意思，'交换'，这使得其他可能性变得复杂；这个动词也有四种意思，'去、穿线、编织、堆积'。除此之外，还有其他的……请记住，在驼峰上，我不能去查阅埃斯蒂娜的大词典，也不能去查阅帕索、佩普、利德尔和斯科特的词典。我亲爱的朋友，我只是想告诉你，当金石学不受金石学家的突发奇想和他们对宇宙特殊概念的支配时，金石学这门科学是如何不断地受到与早期文本相矛盾的新发现的影响的。"

"我完全同意，"我说道，"但是你对我的惊讶并不意外，因为你也怀疑过自己的目标。你应该是毫不犹豫的，虽然这可能要冒相当大的风险。"

莫朗奇微微一笑。

"我不解释，我的朋友，我只是收集者。从我带给他的信息来看，多姆·格兰杰有必要的学识，可以得出超出我肤浅知识范围的结论。对不起，我是在自娱自乐。"

这时，一峰驮辎重的骆驼，身上的束带无疑是系得不够紧，滑脱了。一部分货物失去了平衡，掉在了地上。

埃格·安图恩从他骑的骆驼上下来，帮助布杰马重新系紧滑脱的束带。

他们完事后，我把我的骆驼牵到布杰马的骆驼旁边。

"下次停下来休息时，我们得把所有骆驼的束带都系紧。它们将穿过山区。"

这位向导惊讶地看着我。到目前为止，我认为没有必要把我们的新计划告诉他，但我想埃格·安图恩会告诉他的。

"穿过白茫茫的平原通往谢赫萨拉赫的路，山并不多，先生。"

"我们已经穿过白色平原的道路。我们要向南转，穿……穿过……"他结结巴巴起来。

"穿过霍格尔！"

"可是……"

"可是什么？"

"我不认识路。"

"埃格·安图恩会为我们带路。"

"埃格·安图恩！"

我望着布杰马，这低沉的叫声就是他发出来的。他的眼睛转向那位塔基人，眼神中夹杂着恍惚和恐惧的神情。

埃格·安图恩的骆驼和莫朗奇的骆驼并排走在前面大约十码的地方，他们两人正在交谈。我想莫朗奇会和埃格·安图恩谈论那些著名的摩崖石刻。

我又看了看我的向导。我看到他脸上的血色消失了。

"怎么了，布杰马，怎么了？"我低声问道。

"这会说不行，先生，这会不行。"他喃喃道。

他的牙齿在打战。他一口气补充道："这会不行。今晚日落的时候，在停下来的地方，当他转向东方祈祷的时候，把我叫到你身边，我会告诉你……但这会不行。他在说话，但同时也在听。驾！追上上尉。"

"这又是一个谜。"我心里嘀咕道，同时用脚踹了一下骆驼的脖子，想赶上莫朗奇。

大约下午五点钟的时候，走在前面的埃格·安图恩停了下来。

"就是这里。"说着，他从骆驼上下来。

这地方凶险而美丽。在我们的左手边，出现了一堵奇形怪状的花岗岩墙，在深红色的天空映衬下，呈现出灰色的轮廓。一条大约一千英尺高的走廊从上到下蜿蜒穿过这堵墙，其宽度还不够三峰骆驼并排进入。

"就是这里。"这位塔基人重复道。

西边，我们刚刚离开的那条小路在夕阳的余晖中延展开去，像一条浅色的缎带。白色的平原、通往谢赫萨拉赫的路、已知的水井……都在相反的方向。这堵黑墙映衬着淡紫色的天空，走廊随之暗了下来。

我望着莫朗奇。

"我们停下来吧,"他直截了当地说道,"埃格·安图恩建议我们补一下水。"

我们一致决定在那里过夜,然后再进山。

在一个黑色的岩盆里有一口井,一帘美丽的小瀑布将水注入井里,旁边有一些灌木和植物。

步履蹒跚的骆驼已经开始吃草了。

布杰马正在一块大岩石上为我们摆放露营桌,桌上放着锡杯子和锡盘子。他打开一罐肉,放在一盘生菜旁边。生菜是他在潮湿的泉边采来的。他把各式各样的东西放在岩石上时,动作急促,这使我看出他此刻的心情是多么烦乱。

有一次,当他向我俯下身来递给我一个盘子时,他做了个手势,指了指我们要进入的黑暗而诡异的走廊。

"Blad-el-Khouf!"他低语道。

"他说什么?"莫朗奇问道,他刚才注意到了那个手势。

"Blad-el-Khouf,意思是'恐惧之地'。这是阿拉伯人对霍格尔的叫法。"

布杰马走开一段距离,蹲在地上,开始吃一些留给自己的生菜。

埃格·安图恩一直没有动。

突然，这位塔基人站了起来。太阳西坠，现在只剩下最后一抹余晖。我们看到埃格·安图恩走向泉水，在地上抻开戴头巾的蓝色罩袍，跪了下来。

"我没想到图阿雷格人对伊斯兰教传统如此虔诚。"莫朗奇说道。

"我也没想到。"我若有所思地说道。

但我没有时间感到惊讶，我还有别的事要做。

"布杰马！"我叫道。

与此同时，我望了望埃格·安图恩。他全神贯注地祈祷着，面朝东方，似乎没有注意到我。当我再次大声呼叫布杰马时，他正跪在地上。

"布杰马，跟我去我的骆驼那里，帮我从鞍囊里拿点东西出来。"

埃格·安图恩仍然跪着，缓缓地不慌不忙地低声祈祷着。布杰马还是没有动静。

突然，我听到一声压抑的呻吟声。

莫朗奇和我立刻跳了起来，朝布杰马跑去。埃格·安图恩也在同一时间到了他的跟前。

这位查姆巴人在莫朗奇的怀里呻吟着，眼睛闭上了，手脚都已经凉了。我抓住了他的一只手。

突然，埃格·安图恩跳了起来。他看见了这位阿拉伯人一分钟前夹在两膝之间的那只有凹痕的锡盘，现在倒扣在地上。

他一把抓住它，捡起剩下的几片生菜叶，迅速地一片一片检查起来，然后发出一声嘶哑的喊叫。

"好吧，"莫朗奇喃喃道，"现在，我想轮到他发疯了。"

我望着埃格·安图恩，只见他二话没说，径直奔向安放在我们桌子上的那块岩石。眨眼之间，他回到我们身边，端着那盘我们还没碰的生菜。

然后他从布杰马的盘子里拿起一片绿色的叶子，只见这叶子很光滑，宽大且泛白。他把这片叶子和刚从我们盘子里拿来的另一片叶子一起拿给我们看。

"阿法勒勒。"他平淡地说道。

我和莫朗奇都打了个寒战——这就是阿法勒勒，阿拉伯人口中的"法乐思泰孜"。这种可怕的植物比图阿雷格人的武器更迅速，它使弗拉泰斯的一部分任务毁于一旦。

埃格·安图恩现在已经站直了。在天空的映衬下，他那高大的身影显出一个黑色的轮廓，天空突然变成了最淡的紫丁香色。他正在望着我们。

当我们把可怜的布杰马团团围住时，这位塔基人摇着头重复道："阿法勒勒……"

布杰马没能恢复意识，最终死在了午夜。

恐惧之地

"真奇怪，"莫朗奇说道，"我们的探险队离开沃格拉后一直平安无事，现在却充满了意外。"

刚才，我们费了好大劲才挖开一个坟墓，把布杰马的尸体埋在里面，又跪在墓前祈祷了一会儿。莫朗奇站起来后，说了上面的话。

我不信神。但是，如果有什么事能让我相信神的力量，无论好坏，无论光明或黑暗，那就是这个人喃喃的祈祷。

两天来，在一个荒凉得像月球一样的地方，我们在一片漆黑的岩石中穿行。一路上，只有石头从骆驼脚下滚落到悬崖底部发出的炮弹爆裂一样的声音。

真是一次奇怪的行进。在最初的几个小时里，我试图借助指南针来找路。但我很快就迷失了方向，无疑是因为骆驼迈的步伐不均匀。然后，我只得把指南针放回腰间的皮套里。从此，埃格·安图恩成了我们的主人，我们只能受制于他。

他在前面，后面跟着莫朗奇，我殿后。奇特的火山岩标本不断地从我眼前闪过，但我没有注意。我对这些东西不再感兴趣了。一种新的好奇感油然而生。莫朗奇的疯狂感染了我。如果我的同伴对我说："我们所做的太疯狂了，让我们回到原路上去吧。"那么从现在起，我就应该回答："你爱怎么做就怎么做，我要继续。"

第二天傍晚的时候，我们来到了一座黑色的山脚下。此山足有五千英尺高，峻峭的山麓格外突出。它仿佛一座巨大的黑暗堡垒，城堞就像封建时代的城堡，在橙黄色的天空下映出轮廓。

有一口井，旁边有几棵树，这是我们进入霍格尔之后遇到的第一口井。

在我们之前，有一群人已经将这口井团团围住，任凭他们的骆驼步履蹒跚地在稀疏的草木间搜寻。

一看到我们，那群人就围了过来，心神不安，摆出一副防御的样子。

埃格·安图恩转身对我们说："埃格里图阿雷格人。"

他向那群人走去。

这些埃格里人身材俊美，是我见过的个子最高的图阿雷格人。埃格·安图恩对他们说了几句话。出乎我的意料，他们迅速地离开了那口井，把井让给我们使用。他们带着好奇，甚至带着尊重，望着我们，没有畏惧。

我从鞍囊里取出我仅有的几件礼物，但他们的首领拒绝了。我对这种谨慎感到惊讶，他似乎对我的表情都起了疑心。

他们走后，我向埃格·安图恩表示，我对他们的这种缄默感到惊讶，因为以前在撒哈拉沙漠的生活经验根本没有让我做好足够的准备。

"他们对你说话很尊重，甚至有些怕你，"我说道，"但实际上，这些埃格里人是一个高贵的部落。而凯尔塔哈人，你告诉我你属于他们，是一个农奴部落。"

埃格·安图恩的黑眼睛里掠过一丝微笑。

"对。"他说道。

"嗯，然后呢？"

"然后是因为我告诉他们，你和上尉要去魔鬼山。"他指了指那座黑山，说道，"他们很害怕。霍格尔所有的图阿雷格人都害怕魔鬼山。你看到他们一听到这个名字就跑了吗？"

"你是要带我们去魔鬼山吗？"莫朗奇问道。

"是的，"这位塔基人回答道，"我告诉过你，你要找的摩崖石刻就在那里。"

"你没有提到这个细节。"

"我为什么要提？图阿雷格人害怕伊尔希宁人，这是一种前额有角、长有尾巴、披着毛发、能杀死牲畜，使人死于全身僵硬的妖怪。"

"但我知道鲁米人不怕他们，他们甚至取笑图阿雷格人在这个问题上存在的恐惧。"

"你呢？"我说道，"你是塔基人，你不怕伊尔希宁人吗？"

埃格·安图恩从脖子上摘下一个红色的小皮包给我看，上面挂着一个白色花冠。

"我有护身符，受尊者穆萨西迪保佑。"他严肃地回答道，"然后我就遇到了你们，你们救了我的命。你们想看石刻，真主的旨意必须实现。"

"这一切开始变得奇怪了。"莫朗奇走到我跟前喃喃道。

"确实如此，"我回答道，"你和我一样，清楚地记得巴斯讲述他去伊迪宁旅行的那一段，伊迪宁是阿兹杰图阿雷格人的魔鬼山。这个地方名声不好，没有塔基人会和他一起去。不过，他还是回来了。"

"毫无疑问，他回来了，"我的朋友回答道，"但他一开始就迷路了。由于没有水和食物，他差点死于饥渴，不得不割开静脉喝自己的血。这样的前景并不具有吸引力。"

我耸了耸肩。毕竟，来到这里不是我的错。

莫朗奇明白我的意思，觉得有必要向我道歉。

"此外，"他又装出一副勉强高兴的样子，说道，"如果能认识这些妖怪，并证实庞波尼乌斯·梅拉的说法，那将是一件很有趣的事情。因为梅拉认识这些妖怪，而且还发现他们就生活在图阿雷格山脉中。他称它们为埃吉潘人、布莱梅恩人、甘法萨蒂斯人、萨提尔人……"

"甘法萨蒂斯人，"他说道，"全都赤身裸体；布莱梅恩人没有头，他们的脸长在胸前；萨提斯人除了脸以外没有任何人类的特征；埃吉潘人半鱼半羊。萨提尔人、埃吉潘人……真的，在这个地方听到这些野蛮人的名字是不是很奇怪？相信我，我们走上了一条奇怪的道路。我相信关于 ANTINEA，将有一些非常新颖的发现。"

"嘘，"我把手指竖在嘴唇前说道，"听。"

夜幕迅速降临，我们周围开始响起奇怪的声音。先是一种撞击声，接着是长长的、撕心裂肺的尖叫声，在邻近的山谷里回荡，直到消失在远处，仿佛整座黑山突然开始哀号。

我们望了望埃格·安图恩。他继续抽烟，一点也不关注我们。

"伊尔希宁人正在醒来。"他平淡地说道。

莫朗奇听着，没吭声。和我一样，他理解这是怎么回事，这是岩石过热，石头破裂所引发的一系列物理现象。此情此景使我们脑海中浮现出门农唱歌的雕像。然而，这场意想不到的音乐会仍然刺激着我们紧张的神经。

可怜的布杰马的最后一句话又浮现在我的脑海中："恐惧之地。"

莫朗奇也重复道："恐惧之地。"

当第一颗星出现在天空中时，这场奇怪的音乐会就结束了。怀着无限的情感，我们望着那些微小的淡蓝的火焰一个接一个燃起。在这悲惨的时刻，它们和我们联系在一起。我们被孤立，陷入困境，和外界失去了联系。火焰把我们和在更北方的兄弟们联系在一起。这个时刻，我们的兄弟们会疯狂地跑到城里去寻欢作乐，那里电灯的白光会驱散黑暗。

"Chet—Ahadh essa hetisenet：

Mateseredjre d—Erredjeaot，

Mateseksek d—Essekaot，

Matelahrlahr d'Ellerhaot，

Ettas djenen，barad tit—ennit abatet。"

这是埃格·安图恩用喉音发出的舒缓声音。这声音在寂静中响起，庄严而悲伤。

我碰了碰这位塔基人的胳膊。他点了点头，指给我看天空中闪烁的星座。

"昴星团。"我指着那七颗苍白的星星，对莫朗奇喃喃道，这时埃格·安图恩又用同样单调的声音唱起了他那忧郁的歌：

"黑夜的女儿有七个：

Mateseredjre and Erredjeaot,

Mateseksek and Essekaot,

Matelahrlahr and Ellerhaot,

"第七个是一个眼睛飞走了的男孩。"

"真有意思，黑夜的女儿有七个，可第七个是男孩，眼睛还飞走了，这是什么逻辑？"我突然感到一阵不安。当他第三次开始唱副歌的时候，我抓住了这位塔基人的胳膊。

"我们什么时候能到那个有摩崖石刻的岩洞呢？"我粗暴地问他。

他望着我，用他惯有的平静声音回答道："我们到了。"

"我们到了？为什么不带我们去看看呢？你还在等什么？"

"等你来请我。"他带着几分无礼，回答道。

闻听此言，莫朗奇跳了起来。

"那个岩洞！那个岩洞到了？"

"到了。"埃格·安图恩故意又重复了一遍，站起身来。

"带我们去那个岩洞。"

"莫朗奇，"我突然感到不安，"天已经黑了，我们什么也看不见，而且离这里可能还有很长一段路。"

"不到一百码的距离，"埃格·安图恩回答道，"洞穴里干草有的是，我们点燃它，上尉就可以看得很清楚，如同在白昼一样。"

"走！"我的同伴重复道。

"那骆驼呢？"我再次谨慎地问道。

"为防走失，我把它们的两腿都捆住了，"埃格·安图恩说道，"并且我们不会离开太久的。"

他已经朝黑山走去了。莫朗奇跟在后面，激动得浑身发抖。我也跟着走在后面。从这一刻起，我心里变得非常不安，太阳穴怦怦直跳。"我不怕，"我在心里对自己说道，"我发誓，我不怕。"

不，这当然不是恐惧。然而，这是多么奇怪的眩晕感啊！一阵薄雾在我眼前飘过，我的耳朵嗡嗡作响。我又能听到埃格·安图恩的声音了，但这一次他的声音听起来更大、极大，但也更低沉，非常低沉。

"黑夜的女儿有七个……"

在我看来，那座山仿佛也在应和着他，向无限的远方重复着那不祥的副歌："第七个是一个眼睛飞走了的男孩。"

"就是这里。"这位塔基人说道。

岩壁上有一个黑洞。埃格·安图恩擦了一下他的火种，点燃了洞口附近的一堆干草。起初我们什么也看不见，因为烟熏得我们睁不开眼。

埃格·安图恩一直待在洞口旁。他坐了下来，比以往任何时候都平静，从他那宽大的灰色长裤的裤褶里抽出一根烟斗。

这时，借助从干草余烬中射出的光，我瞥了一眼莫朗奇。他看上去异常苍白，只见他双手扳住岩壁，正在破译一堆我几乎看不见的符号。

不过，我觉得他的手在发抖。

"这个魔鬼！他会跟我一样远走高飞吗？"

我问自己，发现协调两个想法越来越难。

我仿佛听见他对埃格·安图恩大声喊叫："站到一旁！让我们透透气吧！好大的烟！"

他在破译，仍然在破译。

突然，我又听到了他的声音，但听不清，好像连声音也被烟堵住了。

"ANTINEA……最后……ANTINEA……但不是凿在岩石上……用赭色描出……不是十年前，也许是五年前……啊！"

他双手托着头，大叫了一声。

"这是个谜，一个糟透了的谜！"

我调皮地笑了："得了，得了，别生气！"

他抓住我的胳膊，摇晃着我。我看见他的眼睛睁得大大的，充满了恐惧和惊讶。

"你疯了吗？"他冲着我的脸喊道。

"别叫得那么大声。"我短促地笑了一声。

他又看了看我，筋疲力尽地坐在我面前的一块石头上。埃格·安图恩在岩洞口，仍平静地抽着烟。我们可以看到他的烟斗在黑暗中闪闪发光。

"疯了！疯了！"莫朗奇重复道，他的声音似乎有些哽咽。

突然，他俯身在火盆上，最后的火焰闪烁得更高、更清晰。他抓了一把还没烧的干草。我看到他聚精会神地检查起来，然后他大声笑着把干草扔进了火里，声音很刺耳。

"啊，啊！她人很好！"他摇摇晃晃地走向埃格·安图恩，用手指着火说道。

"大麻，嗯！麻药，麻药！哈，哈！她人很好。"

"她人很好。"他重复道，突然又大笑起来。

埃格·安图恩谨慎地微笑着表示赞同。快要熄灭的火照亮了他蒙着面纱的脸，照亮了他那双可怕的黑眼睛。

他犹豫了一秒钟，然后，莫朗奇突然抓住了这位塔基人的胳膊。

"我也想抽烟，"他说道，"给我一根烟斗。"

这个镇定的幽灵满足了我这位同伴的要求。

"哈，哈！欧洲烟斗！"

"欧洲烟斗，"我重复道，感觉越来越滑稽，"加上名字的首字母，M，可能就是为你做的，'M'……莫朗奇。"

"马森上尉。"埃格·安图恩平静地纠正了我的发言。

"马森上尉！"莫朗奇和我重复道。

我们又开始大笑起来。

"哈！哈！哈！马森上尉……弗拉泰斯上校……格拉玛井。他们杀他是为了他的烟斗，这根烟斗。杀害马森上尉的是切海尔·本·谢赫。"

"正是切海尔·本·谢赫。"这位塔基人回答道，其平静同样不可动摇。

"马森上尉和弗拉泰斯上校离开了护送队去侦察水井。"莫朗奇笑得浑身发抖，说道。

"然后，图阿雷格人攻击了他们。"我的吼声比以前更大了。

"霍格尔的一个塔基人抓住了马森上尉的缰绳。"莫朗奇说道。

"切海尔·本·谢赫牵着弗拉泰斯上校的马。"埃格·安图恩说。

"上校一脚踩在马镫上，就被切海尔·本·谢赫的剑刺倒了。"我说。

"马森上尉拔出左轮手枪，向切海尔·本·谢赫开火，打断了他左手的三根手指。"莫朗奇说道。

"但是，"埃格·安图恩无动于衷地补充道，"切海尔·本·谢赫用剑劈开了马森上尉的头骨……"

他说这话时，小声嘿嘿一笑，显得很得意。即将熄灭的火焰照亮了他。我们看到他烟斗的杆黑得发亮，他左手拿着它。原来，这只手只有两根手指。真奇怪，我从来没有注意到这个细节。

莫朗奇也注意到了，他笑着，尖声道："然后，在打碎他的头骨后，你抢劫了他，抢走了他的烟斗。太棒了，切海尔·本·谢赫！"

切海尔·本·谢赫没有回答，但他内心的满足感是可以感受到的。他还在抽烟。我只能模糊地辨认出他的容貌。火焰变暗，渐渐地，熄灭了。我从来没有像那天晚上那样笑过，我相信莫朗奇也没有。这也许会使他忘记修道院，而这一切都是因为切海尔·本·谢赫偷了马森上尉的烟斗。

还有这句被诅咒了的歌词："第七个是一个眼睛飞走了的男孩。"

你无法想象有比这更白痴的话了。现在岩洞里有我们四个人。四个，我说过了吗？我是说五、六、七、八……来吧，别介意我们，朋友们。停！没有更多的……我终于知道这里的灵魂是什么样的了，甘法萨蒂斯人、布莱梅恩人……莫朗奇说，布莱梅恩人的脸长在他们的胸部中间。这个把我搂在怀里的人肯定不是布莱梅恩人，现在他带我出去了。还有莫朗奇，我希望他们不会忘了莫朗奇……

他们没有忘记他：我看见他骑在骆驼上，走在绑着我的那峰骆驼前面。他们把我捆得很结实，不然我就会掉下来，这一点可以肯定。这些妖怪不是恶魔。但这是多么长的一段路啊！我想躺下，睡觉！刚才我们确实经过了一条很长的通道，然后我们到了外面。现在我们又回到了一条无尽的通道，令人窒息。再来看一遍这些星星……这荒谬的旅程还要持续多久？

　　你好，灯……或许是星星？不，我是对的，是灯。我敢说，这是一段楼梯，如果你喜欢的话，可以从岩石上凿出来，但不管怎么说，这是一段楼梯。骆驼怎么能……但现在驮着我的不是骆驼，而是一个人。一个一身白衣的人，不是甘法萨蒂斯人，也不是布莱梅恩人。这是莫朗奇的问题，他的历史归纳全错了。善良的老莫朗奇！希望那个甘法萨蒂斯人不会把他摔在这无尽的楼梯上。天花板上有什么东西在发光。是的，这是一盏灯，一盏铜灯，就像突尼斯巴布赫里的那种。很好，现在我们什么都看不见了。但我在乎什么？我躺着，现在我可以睡觉了。多么愚蠢的一天！……啊，先生们，我向你们保证，你们不必把我捆起来，我不想去林荫大道。

　　黑暗再次降临。脚步声消失在远处，一阵沉默。

　　只过了一会儿，有人在我们身边说话。他们在说什么？不，这不可能！这声音如同金属一般。你知道这声音在喊什么吗？有人在喊："下注，先生们，下注！银行里有一万路易。下注吧，先生们！"

　　天哪！我到底在不在霍格尔？

在霍格尔醒来

　　当我睁开眼睛时，天已经大亮了。我首先想到的是莫朗奇，我没有看见他，但我听到他在我身边发出一声惊叫。

　　我呼叫他。他向我跑过来。

　　"他们没有把你绑起来？"我问他。

　　"哦，不，他们绑了我。但很可惜，我设法逃了出来。"

　　"你本可以也为我松绑的。"我生气地说道。

　　"有什么用呢？我本应该把你叫醒的。我认为你一醒来就会呼叫我。瞧！现在你没事了。"

　　我摇摇晃晃地站了起来。

莫朗奇笑了。

"如果我们整个晚上都在抽烟喝酒，那我们的状态就不会比这更糟糕了，"他说道，"这个埃格·安图恩是个不折不扣的流氓，他有大麻。"

"切海尔·本·谢赫。"我纠正他道，随后用手摸了摸自己的额头。

"我们在哪里？"

"亲爱的朋友，"莫朗奇回答道，"这是一场噩梦，我从烟雾缭绕的岩洞到了《天方夜谭》中灯火通明的楼梯。自我从噩梦中醒来，我经历了一个又一个惊喜，一个又一个谜。你四处看看。"

我揉了揉眼睛看向四周，随后一把抓住了同伴的手。

"莫朗奇，"我恳求道，"告诉我，我们还在梦中。"

我们身处一个圆形的大厅里，直径约五十英尺，高度几乎相等，光线从一扇巨大的飘窗透过，照亮了大厅，窗外是一片湛蓝的天空。

燕子飞来飞去，发出尖细的欢乐叫声。

地板、凹壁和天花板都采用一种薄片镶饰的大理石，像斑岩一样，上面覆盖着一种奇怪的金属板，比金要淡，比银要华丽。现在，晨雾从我刚才提到的窗户倾泻而入，使它显得黯淡无光了。

我被清新的微风和驱散噩梦的光线所吸引，摇摇晃晃地走向这扇窗户。我把胳膊肘支在栏杆上，忍不住赞叹地叫了起来。

我发现自己站在一个类似阳台的地方，一个悬在山腰的空间里。

头顶是碧空，脚下是连绵不断、人迹罕至的山峰，一个真正的天堂出现在我眼前。那里有一个花园。棕榈树轻轻地摆动着巨大的叶子，底下有一丛小灌木，棕榈树把它们掩蔽在绿洲里，有杏树、柠檬树、橘子树，还有许多其他灌木，我分不清它们的香味。一条小瀑布飞流直下，底下是一条宽阔的蓝色小溪，尽头是一个美丽的湖泊，湖面几近透明，我的身影倒映在湖里。多只大鸟在这碧绿的天井里盘旋。湖面上有一抹猩红，原来是一只火烈鸟。

四面八方的山峰高耸入云，白雪皑皑，甚是壮观。

蓝色的小溪、绿色的棕榈树、金色的果实，还有山峰上面的皑皑白雪，所有这一切在风中构成了异常纯洁而美丽的景象，以至于我紧张的神经再也无法承受。我把前额靠在满是神圣积雪的栏杆上，像个孩子似的哭了起来。

莫朗奇也表现得像个孩子。这些细节使我不知所措，但是，由于他比我先醒过来，毫无疑问，他有时间去熟悉这些。

他把手放在我的肩膀上，轻轻地把我拉回房间。

"你还什么都没看到呢，"他说道，"看，看！"

"莫朗奇！莫朗奇！"

"怎么了，我亲爱的朋友，你要我做什么？看！"

我刚刚注意到那个奇怪的大厅是欧式的陈设。的确，到处都是圆形的图阿雷格皮靠垫、色彩鲜艳的加夫萨毛毯、卡夫鲁镶边地毯、卡拉马尼门帘，我当时真想战栗着把它们掀开。但从墙上的半开放面板望过去，里面是一个挤满了书的书房。墙上挂着一整套照片，拍的是古代艺术的杰作。最后，我发现在一堆难以想象的文件、小册子和书籍下面藏着一张桌子。当看到一本最近出版的《考古杂志》时，我几乎崩溃了。

我看着莫朗奇，他也看着我，我们突然大笑起来，这大笑持续了整整一分钟。

"我不知道，"莫朗奇终于开口，"我们是否有一天会后悔来霍格尔探险。与此同时，我们也必须承认它充满了惊喜。这位独一无二的向导把我们送入梦乡，唯一的目的就是让我们摆脱大篷车生活的不便，让我有机会品尝到被大肆吹嘘的大麻的狂喜，体验这幻影般的夜行。最后，还有这个诺雷丁人的石窟，这个石窟本来是由高等师范学院分配给雅典人伯索特的。说真的，即使是最严肃的人面对这些场景，也会精神错乱的。"

"但是，你怎么看这一切？"

"我可怜的朋友，我怎么看？至于你自己怎么想，我一无所知。你客气地说我学识渊博，但我完全是在胡说八道。你还能指望什么？这种穴居论让我害怕。普林尼确实说过，当地人住在离阿曼特西南方向七天路程的洞穴里，在大苏尔特以西十二天的地方。希罗多德也说过，加拉曼特人在他们的战车上猎杀埃塞俄比亚穴居人。但毕竟，我们是在霍格尔，在塔基人国家的中心。最棒的作家告诉我们，图阿雷格人从来不住在洞穴里。杜韦里耶在这一点上是肯定的。那么，我问你，这个洞穴，墙上挂着维纳斯·德·美第奇和劳洛克顿·阿波罗的照片，还布置得像书房一样，这算什么洞穴？疯了！我告诉你，这足以使人发疯。"

莫朗奇倒在一张长沙发上，笑声比以前更大了。

"瞧，"我说道，"是拉丁文。"

我在房间中央的工作台上捡起一些散乱的书页。莫朗奇从我手里接过它们，急切地扫视着。他的脸上流露出无限的惊讶。

"越来越糟了，我亲爱的朋友！这里有人正在写一篇关于戈尔贡群岛的论文：De Gorgonum insulis（戈尔贡群岛）。据作者说，美杜莎是一个住在特里顿湖附近的利比亚野蛮人，也就是我们现在的盐湖盆地梅尔里尔，在那里珀尔修斯……啊！"

莫朗奇的声音哽在喉咙里。

与此同时，一个尖锐刺耳的声音在大厅里回荡："请不要碰我的文件，先生，求求您了。"我转向新进来的人。

卡拉马尼窗帘中的一幅被推到一边，给一个最意想不到的人让路。

虽然我们已经听天由命，等着离奇的事情发生，这次意外却超出了我们的想象。

门口站着一位身材矮小的秃顶男子。一张黄色的尖脸，被一副巨大的绿色眼镜遮住了一半。他留着一小撮灰白胡子，衣服穿得很少，胸前系着一条鲜艳的樱桃色领结。这位男子穿着一条白色长裤，脚穿一双红色的皮拖鞋。拖鞋是他装束之中唯一具有东方色彩的东西。

他戴着公共教育官员的花环，这不无炫耀之意。

他捡起莫朗奇出于惊讶而掉在地上的文件，数了数，重新排列好，然后愤怒地看了我们一眼，摇响了一个铜铃。

窗帘又被拉开了。一位身材高大、身穿白衣的塔基人走了进来。我原以为他是山洞里的一个妖怪。

"费拉基，"身材矮小的教官生气地说，"为什么要把这两位先生领到书房里来？"

这位塔基人恭敬地鞠了一躬。

"切海尔·本·谢赫回来得比预期要早，西迪，"他回答道，"防腐工人昨晚还没有完成工作，所以他们被带到这里来等候。"他指着我们，继续说道。

"很好，你可以走了。"身材矮小的男子恶狠狠地说道。

费拉基退到门口。他停了下来，说道："我是来提醒您，西迪，午饭准备好了。"

"很好，你走吧。"

那个戴绿色眼镜的矮小男子坐在书桌前，开始狂热地书写，字迹很潦草。

这时，我不知道为什么，心中一阵恼怒，大步走向他。

"先生，"我说，"我和我的同伴不知道自己在哪里，也不知道您是谁。我们只知道您是法国人，因为您戴着我们国家的荣誉勋章。毫无疑问，您站在自己的角度也已经观察到了同样的事情。"我指着系在自己白色外衣上的那条狭窄的红丝带，补充道。

他带着轻蔑的神情看向我，说道："嗯，先生？"

"唔，先生，刚才出去的那个黑人提到了一个名字。切海尔·本·谢赫，一个土匪的名字。他是个强盗，是暗杀弗拉泰斯上校的人。您知道这件事吗，先生？"

身材矮小的男子冷冷地盯着我，耸了耸肩。

"当然。但您觉得这跟我有什么关系？"

"什么？"我情不自禁，大叫起来，"那么，你是谁？"

"先生，"这位身材矮小的老人带着滑稽的神气转向莫朗奇，说道，"我请你为你同伴的无礼行为作证。这是我的房间，我不允许……"

"请原谅我的朋友，先生，"莫朗奇走上前来，"他不像您这样的学者。您知道，这些年轻的中尉都很急躁，而且，您必须得知道，我们俩有理由不那么冷静。"

在愤怒中，我几乎要表明自己不同意莫朗奇那奇怪的谦卑言论。但看了一眼他就足以使我相信，现在他的脸上至少流露出了与我同样多的讽刺和惊讶。

"我很清楚，大多数军官都是愚蠢的，"老人抱怨道，"但这不是理由……"

"我自己也是一名军官，先生，"莫朗奇越发谦卑地反驳道，"如果说我从事这个职业，曾经感觉智力上低人一等而备受折磨的话，我发誓，就是刚才在翻阅您所写的《迦太基的普罗克勒斯》一文中所引用的《蛇发女怪的迷人故事》的时候。恕我冒昧，请您原谅。"

这个小老头的五官在滑稽的惊讶中拉长了。他急忙擦了擦眼镜。

"什么？"最后，他大叫一声。

"在这方面，我很遗憾，"莫朗奇平静地继续说道，"您没有关于斯塔提乌斯·塞波苏斯这个热门话题的有趣论文，我们只从普林尼那里知道，而且……"

"您知道斯塔提乌斯·塞波苏斯？"

"还有我的导师，地理学家伯利乌先生……"

"您知道伯利乌！您……您是他……他的学生！"戴勋带的小老头

103

很惊讶，结结巴巴地说道。

"对此我很荣幸。"莫朗奇回答道。这次他非常冷静。

"如此说来，先生，您听说过，您熟悉这个问题——亚特兰蒂斯的问题了？"

"事实上，我对拉诺、普洛伊和阿尔布瓦·德·朱班维尔的作品有些了解。"莫朗奇冷冷地说道。

"哦，我的上帝！"身材矮小的男子激动得发抖，"先生，我太高兴了。请原谅……"

与此同时，窗帘又被拉开了。费拉基再次出现。

"西迪，他们要我告诉您，如果您不来，他们就要开饭了。"

"我这就来，我这就来，费拉基，告诉他们，我们这就来。哦，先生，如果我能预见……但这是多么了不起的一件事啊，一位了解迦太基的普罗克勒斯和阿尔布瓦·德·朱班维尔的军官。我再说一遍……请允许我自我介绍一下，我叫埃蒂埃尔·勒·梅斯基，大学毕业。"

"我是莫朗奇上尉。"我的同伴说道。

轮到我走上前来自我介绍。"我是德·圣·阿维特中尉。的确，我经常把迦太基的阿尔布瓦和普罗克勒斯·德·朱班维尔搞混。我稍后会再试着把这些短板补上。现在我想知道我们——我的同伴和我——在什么地方？我们是否自由了？或者是什么神秘的力量在禁锢着我

104

们？先生，您看上去就像住在家里一样，对这所房子很熟悉。虽然我没有足够的判断力，但我认为这是最重要的。"

勒·梅斯基先生看着我。他的嘴角浮现出一种相当难看的微笑。他张开了嘴……就在这时，一阵锣声不耐烦地响了起来。"到时候我会告诉你的，我会解释的……但现在，我们得抓紧时间。午餐时间到了，我们的朋友们都等得不耐烦了。"

"我们的朋友？"

"有两位，"勒·梅斯基先生解释道，"我们三个人是这里的欧洲职员，是永久的职员，"他带着令人不安的微笑补充道，"两位有独到见解的人物，先生们，你们大概希望尽量少和他们打交道吧。一位是牧师，虽然是新教徒，但心胸狭窄；另一位则很世故，不走寻常路，是个老疯子。"

"对不起，"我说道，"这一定是我昨晚听到的那个人。他正在开银行，一定是和您以及那位牧师合伙吧？"

勒·梅斯基先生做了一个有损尊严的手势。

"跟我合伙，先生，多么奇怪的想法！他和图阿雷格人一起玩。他教会了他们所有能想到的游戏。听，是他在敲锣叫我们快一点。现在是九点半，棋牌室十点开门，我们快点吧。我想你们也会很乐意去吃点东西的。"

"我们不会拒绝的。"莫朗奇回答道。

我们跟着勒·梅斯基先生走下了一条弯弯曲曲的走廊，每一码都有台阶。我们在黑暗中走着，但有玫瑰色的灯和香炉不时地从岩石上凿出的小壁龛里发出亮光。令人不安的东方香味在黑暗中缭绕，与从积雪覆盖的山峰上吹来的冷空气形成了鲜明的对比。这种对比，令人愉快。

不时地，有身穿白衣的塔基人从我们身边经过，全都面无表情，沉默不语，仿佛幽灵一般，他们趿拉着拖鞋行走的脚步声在我们身后渐行渐远。

勒·梅斯基先生在一扇沉重的门前停了下来，这扇门上装饰着与我在书房墙上注意到的一样的浅色金属。他打开门，站到一边，让我们先过去。

虽然我们进入的房间一点也不像欧洲餐厅，但我知道许多房间在舒适度方面不如它。和刚才的书房一样，它也被一束透过大飘窗的光线照亮。但我注意到，它是朝外的，而书房则面对着环山的花园。

中央没有桌子，也没有椅子。但有许多镀金的木质自助餐桌，就像威尼斯的那种，有一堆堆颜色模糊而柔和的图阿雷格或突尼斯垫子。中央铺着一张巨大的垫子，上面摆着筵席，盛在精心编织的筐子里，中间有盛满香水的银壶和铜盆。一看到筵席，我们喜不自胜，内心充满了孩子般的喜悦。

勒·梅斯基先生走上前，把我们介绍给那两个已经在席子上就座的人。

"斯巴达克先生。"他说道。话语简单，我终于明白勒·梅斯基的超凡脱俗，绝非浪得虚名。

曼彻斯特的牧师、斯巴达克先生僵硬地鞠了一躬，请求我们允许他继续戴着他的宽边礼帽用餐。此人干巴巴、冷冰冰，又高又瘦。他正吃得津津有味。

"别洛斯基先生。"勒·梅斯基先生给我们介绍起第二位客人。

"卡西米尔·别洛斯基伯爵，吉多米尔的酋长。"这位绅士神色端正地纠正他，同时站起来和他握手。

我立刻对这位吉多米尔的酋长产生了某种同情，他就是那种完美的老情夫。他留着巧克力色的分发头（后来我才知道，这位酋长用了一种混合染料染发）。他的胡子很漂亮，像弗朗西斯·约瑟夫的胡子，也是巧克力色的。他的鼻子确实有点红，但很漂亮，很有贵族气派。他的手很好看。我花了些时间计算伯爵的外套是什么时候开始流行的。外套是深绿色的，黄色翻领，饰有一颗巨大的蓝珐琅银扣。我想起一幅德·莫米公爵的画像，于是我断定是 1860 年或 1862 年。这个故事的其余部分将表明我并没有错得太远。

伯爵让我坐在他旁边。他首先问的问题之一是，我玩百家乐时是否得到五。这是一种纸牌游戏，玩牌者手持两张或三张纸牌，赌谁的点数被十除后余数最大。

"那要看灵感了。"我回答道。

"哇！我从 1866 年就不再玩这个游戏了。我发过誓，因为一个过失。有一天在瓦莱夫斯基家，我玩了一场赌博游戏。当然，我输了，因为另一个人有四。'白痴！'乔·吉苏男爵下了惊人的赌注。嘿！我朝他头上扔了一瓶香槟。他一低头，瓶子打到了瓦伦特元帅。一团糟！还好最后事情解决了，从那之后，我信守诺言，但有时信守诺言很难，非常难。"

他懊恼地哽咽着说道："来一点霍格尔 1880 年的酒吧，酿造年份非常好。先生，是我教会了这里的人如何享用葡萄酒。棕榈酒适当发酵很好喝，但时间一长味道就会变淡。"

这款 1880 年的霍格尔酒真令人陶醉。我们用大银杯喝酒。它像莱茵河畔的葡萄酒一样新鲜，像埃尔米塔奇的葡萄酒一样干爽。然后，令人突然想起葡萄牙烈性葡萄酒，它变得甜甜的，有果香味。我告诉你，那酒真好喝。

精致的午餐，配上这种酒，真是好极了。肉不多，这是真的，但都用奇怪的香料腌制过，还有很多蛋糕、抹有蜂蜜的煎饼、五香油煎饼、酸牛奶和枣做成的奶酪蛋糕。最重要的是水果，大量的水果被放在朱红色的大盘子或柳条罐里——无花果、枣、开心果、石榴、杏，还有大串大串的葡萄，比迦南地的希伯来士兵肩上垂下的葡萄还要长。大个的西瓜被切成两半，果肉粉红且多汁，一排排黑色的瓜子清晰可见。我刚吃完一个甘甜的冰镇水果，勒·梅斯基先生就站了起来。

"先生们，如果你们准备好了的话，"他对莫朗奇和我说道，"赶快离开这个老骗子。"吉多米尔的酋长对我低声说，"棋牌室的游戏即将开始。你们会看到的，你们会看到的，比在柯拉·珀尔家激动多了。"

勒·梅斯基先生一本正经地又重复了一遍。

我们跟着他。当我们三个都回到书房的时候，"先生，"他对我说道，"你刚才问我是什么神秘力量把你困在这里。由于你的态度咄咄逼人，要不是你的朋友学识渊博，比你更有资格领会我即将揭示的全部价值，我本来应该拒绝回答的。"说着，他碰了碰墙上的弹簧。一个挤满了书的书柜出现在面前，他从中抽出一本。

"你们两个，"勒·梅斯基先生继续说，"都在一个女人的控制之下。这个女人，女王苏丹娜，霍格尔的绝对君主，名叫安蒂妮亚。别开口，莫朗奇先生，您最后会明白的。"

他打开书，读到这句话："我必须从一开始就警告你，如果我用希腊名字称呼野蛮人，不要感到惊讶。"

"这⋯⋯这是一本什⋯⋯什么书？"莫朗奇结结巴巴地问道。他脸色苍白，吓了我一跳。

"这本书，"勒·梅斯基先生慢条斯理地回答道，带着一种奇怪的胜利神情，拿捏着自己的语调，"是柏拉图的对话录中最伟大、最优美、最深奥的一本书，它就是《克里特阿斯》或者称之为《亚特兰蒂斯》。"

"《克里特阿斯》？但这本书没有写完。"莫朗奇喃喃道。

"在法国，在欧洲，在任何地方，它都没有完成，"勒·梅斯基先生说道，"而这是完成稿，看这个版本。"

"但是，有什么联系，有什么联系，"莫朗奇重复道，急切地浏览着手稿，"这段对话之间有什么联系。它和安蒂妮亚这个女人有某种联系？为什么这本书会在她手里？"

"因为，"这位身材矮小的男子不慌不忙地回答道，"因为这本书揭示了这个女人高贵的爵位，是她的《哥达年鉴》，在某种意义上，你明白吗？因为这确立了她惊人的家谱，因为她是⋯⋯"

"因为她是？"莫朗奇重复道。

"因为她是尼普顿的孙女，是亚特兰蒂斯家族最后的后裔。"

亚特兰蒂斯女王

勒·梅斯基先生得意地望着莫朗奇。很明显，他只是在对莫朗奇说话，他认为只有莫朗奇才值得他吐露秘密。"很多是法国军官或外国军官，"他说道，"他们是因为我们的君主安蒂妮亚的任性而被带到这里来的。您是第一个有幸成为与我有关联的人，但您曾是伯利乌的学生，我对这位伟人的印象非常深刻。冒昧地说，我把自己私人研究的独特成果分享给了他老人家的一个弟子。"

他摇响了铃铛。费拉基出现了。

"给这些先生们来杯咖啡。"勒·梅斯基先生下达了命令。

他给了我们一个釉彩鲜艳的匣子，里面装满了埃及香烟。

"我从不抽烟，"他解释道，"但安蒂妮亚有时会来这里。这些是她的香烟，抽一支吧，先生们。"

我一向对这种浅色的烟草有一种恐惧的感觉，因为它使一个住在米乔迪埃街的理发小弟以为自己正在享受东方的馥郁芬芳。不过，在这类香烟中，这种麝香味的香烟并非没有吸引力，我的卡波拉尔香烟早就抽完了。

"这是《巴黎生活》的合集，先生，"勒·梅斯基先生对我说道，"如果感兴趣的话，您就看看，我跟您的朋友聊一会儿。"

"先生，"我有点激动，回答道，"我确实不是伯利乌的学生。不过，您若允许我聆听你们的谈话，我可能会很感兴趣。"

"您随意。"身材矮小的老年男子说道。

我们舒适地安顿下来。勒·梅斯基先生在书桌前坐下，解开袖口，开始讲述："先生，在学问方面，虽然我主张要完全客观，但我不能把自己的故事同克里托和尼普顿最后一个后裔的故事独立开来。这既是遗憾之源，也是荣誉之源。

"我一向努力工作。从孩提时代起，我就被十九世纪赋予历史科学的惊人势头所震撼。我明白自己前进的方向，不管别人怎么说，我都坚持了下来。

"可以说，'不管每个人怎么说'，除了我的工作和我的成绩，我没有其他的依靠。在1880年的考试中，我的历史和地理成绩都及格了。在这十三位通过考试的人中，有几个人的名字从此变得显赫起来：朱利安、布尔乔亚、奥尔巴赫……我不羡慕我的同事们获得颇高的官方荣誉，我心怀怜悯阅读着他们的著作，他们作品中那些可怜的错误，以及不充分的文献资料，足以偿还我在学术上的失望。这很讽刺。

"作为里昂政治学院的一名教师，我认识了伯利乌，并对他在非洲历史方面的工作充满热情。从那时起，我就有了写一篇原创博士论文的想法，我要把七世纪反抗阿拉伯侵略者的柏柏尔女英雄拉卡赫拉和与英国人作战的法国女英雄圣女贞德进行类比。因此，我向巴黎文学院提出了这个题目：圣女贞德和图阿雷格人。此宣言一出，学术界一片哗然，并引发一阵愚蠢的嘲笑。朋友们谨慎地警告我不要写这样的论文。我拒绝了。然而，当我被叫到校长面前时，我不得不让步，他对我的健康状况表现出惊人的兴趣，最后询问我是否愿意休两年的半薪假。我愤怒地拒绝了。校长没有坚持，但两周后，没有任何预兆，上面下了一道命令，让我进入法国最不起眼、最偏僻的马山里的一所中学任教。

"如果您能理解我当时有多么痛苦，您就会原谅我为何会在这个不起眼的部门里恣意挥霍了。毕竟，在兰德斯除了吃喝还能做什么呢？这两件事我都做得很自如。我的工资都花在了鹅肝酱、森林公鸡和葡萄酒上。后果很快就出现了：不到一年，我的关节开始开裂，就像在尘土飞扬的道路上骑了很长一段距离，从而导致自行车的车轴生锈一样。我得了严重的痛风，病倒在床。幸运的是，在这个幸福的国家，治疗与疾病相伴。所以我去了达克斯度假，试图治愈痛风。

"我在阿杜尔河畔的拜格诺茨大道租了一间房。一位值得尊敬的女人来为我料理家务。她也为一位老先生做同样的事，他是一位退休的法官，也是罗杰－杜科斯学会的会长。这是一个模糊的科学学会，在这个学会里，巴黎的学者们都非常无能地致力于研究最异类的问题。一天下午，由于大雨，我待在自己的房间里。那位善良的女人正手忙脚乱地擦着我门上的黄铜把手。她用的是一种叫作的黎波里的膏体，她把它涂在一张纸上，不停地摩擦……这张纸的奇特外观使我迷惑不解，于是我瞥了一眼。

"'天哪！你从哪儿弄到这张纸的？'

"她显得很焦急，说道：'在我主人的房间里，像这样的纸有很多。这是我从一个笔记本上撕下来的。'

"'给你十法郎，去把那个笔记本给我拿来。'

"一刻钟后。她带着笔记本回来了。太棒了！只少了一页，就是她一直用的那一页。你知道这个手稿，这个笔记本是什么内容吗？差不多就是狄奥多鲁斯引用的神话作家丹尼斯·德·米列的《亚特兰蒂斯之旅》，我经常听到伯利乌对这本书的丢失感到惋惜。

"《亚特兰蒂斯之旅》是如何到达克斯的？目前为止，我只有一个令人满意的解释。它可能是在非洲被'旅行者得·贝阿格勒'发现的，他是罗杰－杜科斯的社团成员。

"这份珍贵的文献中有许多摘自《克里特阿斯》的语录。它引用了一段著名对话，而您刚才手里拿着的正是世界上现存的唯一例证。它毫无疑问地确定了亚特兰蒂斯要塞的位置，并证明了这个被现代科学所否认的地点，并没有像亚特兰蒂斯假说的少数胆小的支持者所想象的那样淹没在波涛之下。它被称为'中央玛兹族山地群体'。您知道，希罗多德的玛济塞斯人与伊莫肖克人、图阿雷格人是一样的，这一点已经毫无疑问了。现在，丹尼斯的手稿明确地将历史上的玛赛斯与传说中的亚特兰蒂斯相提并论。

"丹尼斯告诉我，亚特兰蒂斯的中心部分，尼普顿王朝的摇篮和家园，不仅没有在柏拉图所描述的那场吞没了亚特兰蒂斯岛其余部分的大灾难中沉没，而且这部分还与塔基霍格尔相对应。在这个霍格尔，至少在他的时代，这个高贵的尼普顿王朝仍被认为存在。

"亚特兰蒂斯的历史学家计算出毁灭这个著名国家的全部或部分大灾难发生在公元前九千年。如果丹尼斯·德·米列特在不到两千年前写过这篇文章，认为尼普顿的后代仍在他的时代统治着亚特兰蒂斯，您就会明白我很快就有了如下想法：存在了九千年的东西可以存在一万一千年。从那一刻起，我的生活中只有一个目标，那就是与亚特兰蒂斯可能的后代接触。如果，正如我有充分的理由相信的那样，他们已经堕落了，不知道他们以前的辉煌，我要向他们揭示他们显赫的血统。

"我没有把我的意图告诉我大学的学术上级。根据我过去所了解到的他们对我的态度，如果我请求他们的帮助，甚至批准，那肯定会有把我当作疯子关起来的危险。我意识到自己的积蓄不多，于是便毫不张扬地动身前往奥兰。我是十月一日到达因萨拉赫的。我舒服地躺在绿洲的一棵棕榈树下，然而就在同一天，二十个讨厌的小男孩疯狂地在一间空教室门口尖叫，马山的一位校长难以控制他们，便向四面八方发出电报，寻找他手下的历史老师。一想到此，我就感到无限满足。"

勒·梅斯基先生一脸得意地停了下来。

我承认，在那一刻，我的尊严抛弃了我，我忘记了他把注意力全集中在莫朗奇身上了。

"请原谅，先生，如果您的故事比我想象的更吸引我的话。但您知道我对您提到的许多细节一无所知，您提到了尼普顿王朝。我相信，您调查了安蒂妮亚的血统，这是个什么王朝？它在亚特兰蒂斯的故事中扮演了什么角色？"

勒·梅斯基先生向莫朗奇眨眼示意，毕恭毕敬地笑了笑。后者一动也不动，一句话也不说，只是托着下巴，胳膊肘搁在膝盖上听着。

"柏拉图会为我回答的，先生。"这位教授说道。

他又用一种难以形容的怜悯声调补充道："那么，您可能从来不熟悉《克里特阿斯》的开篇吧？"

他从桌子上拿起那本使莫朗奇激动不已的手稿。他调整了一下眼镜，开始读这本书，仿佛是柏拉图的魔力使他激动了起来，这个可笑的小老头变了脸色："众神为地球的不同部分抽签，有的得到了一个大国，有的得到了一个小国……因此，拥有亚特兰蒂斯岛的尼普顿把他和一个凡人所生的孩子安置在这个岛上。在离海不远的地方，有一片平原，坐落在岛的中央，我们确信那是最美丽、最肥沃的平原。在离这片平原大约五十个视距的地方，岛的中央有一座山。创世之初，一个人在此地诞生，名叫埃诺，带着他的妻子洛奇帕。他们有一个女儿，克里托。当她的父母去世时，她已经成年，尼普顿爱上了她，并娶她为妻。尼普顿把她居住的这座山从四面八方切断，并加固了这座山。他依次用同心圆的方式不断扩大陆地和水带来包围它，总共有两块陆地和三个水带……"

勒·梅斯基先生停了下来。

"我这样一读让您想起什么了吗？"他问道。

我望着莫朗奇，他已经陷入了沉思。

"它没让您想起什么吗？"教授尖锐的声音响了起来。

"莫朗奇、莫朗奇，"我结结巴巴地说道，"还记得我们昨天骑马，我们被俘，我们进入这座山之前必须经过的两条走廊……陆地和水域……那两条走廊就是两条带子。"

"哈哈！"勒·梅斯基先生笑了。

他微笑着看着我。我把他的微笑理解为："原来他没有我想象的那么笨嘛！"

莫朗奇费了很大的劲才打破了沉默。

"我理解，我理解……三大水带……但在这种情况下，先生，您的解释，我不否认它的巧妙性，将撒哈拉海作为假设是正确的前提！"

"是的，我可以证明，"这个暴躁的小老头敲着桌子回答道，"我比您更清楚席尔默和其他人提出的反对意见。我什么都知道，先生。我会把所有证据交给您处理。与此同时，今晚的晚餐，您无疑会享用到一些多汁的鱼。您要告诉我，您从这扇窗户看到的湖里的鱼，是不是淡水鱼。"

"想想吧，"他更加平静地说道，"亚特兰蒂斯的信徒在解释大灾难时犯了一个错误，他们以为这个奇妙的岛屿已经完全沉入海下，他们都相信它已经被吞没了。事实上，没有沉没，只有再现。大西洋的波涛中出现了新的陆地。沙漠已经取代了海洋。塞布卡斯、盐沼、特里同湖、沙质的瑟尔特斯，都是曾经征服阿提卡的舰队所经过波浪时留下的孤零零的遗迹。沙子比水更容易吞噬文明。今天，这些被煅烧的山脉是这个美丽的岛屿所剩下的一切，曾经是大海和风使它变得骄傲和苍翠。在这个与世隔绝的岩石盆地里，脚下的奇妙绿洲，眼前的红色果实，这飞流的瀑布，这蓝色的湖泊，都见证了这个消失的黄金时代。当你们昨晚到达这里的时候，你们穿过了五条海峡、三个已经干涸的海洋，两条狭长的土地被一条走廊分割开来，你们曾骑过骆驼，也曾在这条走廊上航行。在这场巨大的灾难中，唯一留下的是这座山。这座山是尼普顿囚禁他心爱的克里托的地方，克里托是埃诺和洛奇帕的女儿，阿特拉斯的母亲，几千年前是安蒂妮亚的祖先，你们将永远受到她的支配。"

"先生，"莫朗奇彬彬有礼地说道，"我们自然想问问这种奴役的原因和目的。但是，看看您的启示引起了我多么强烈的兴趣，我可以晚些再问这个私人问题。几天前，我在蒂菲纳的两个岩洞里发现了这个名字。我的朋友可以作证，我把它当成了一个希腊名字。现在，多亏了您和神圣的柏拉图，我明白了，当我听到一个野蛮人被冠以希腊名字时，我一定不会感到惊讶。但我仍然对这个词的词源感到困惑。您能给我讲讲这个问题吗？"

"先生，"勒·梅斯基先生回答道，"我一定会这样做的。顺便告诉您，您不是第一个问我这个问题的人。在过去的十年中，在我所见过的来这里的探险家中，大多数人都是被同样的方式吸引到这里的，被用蒂菲纳语写的那个希腊单词所吸引。我甚至还准备了一份相当精确的目录，列出了这些石刻和它们所在的洞穴。所有的，或者几乎所有的石刻，都伴随着这样一个传说：安蒂妮亚。这里是她的地盘。有些地方，我曾让人在它们逐渐褪色的地方重新涂上赭石。但回到我一开始说的，没有一个欧洲人研究过这个石刻之谜，一旦到达安蒂妮亚的宫殿，他就要求得到这个词源的启发。在这一点上，即使在学者中，纯科学的关注也是相当必要的。在这种情况下，他们会放弃更多的物质关怀，例如，对自己生活的焦虑。"

"如果您愿意的话，先生，我们下次再谈吧。"莫朗奇说道，语气仍然带着钦佩之意。

"先生，我讲这个题外话只有一个目的：告诉您，我不准备把您列入这些不肖的学者之列。您的确急于知道安蒂妮亚这个名字的来历，甚至还不知道这个名字的主人是位什么样的女人，也不知道您和这位先生为什么会成为她的俘虏。"

我仔细地看了看这位老人。他讲得非常真诚。

"您最好快点告诉我们，"我心里想着，"否则我马上就会把您从那扇窗户扔出去，只要您喜欢，您大可随便讽刺。万有引力定律可能是成立的，甚至在霍格尔也是如此。"

"先生，"勒·梅斯基先生对莫朗奇继续说道，根本没有注意到我探究的目光，"当您第一次见到安蒂妮亚这个名字的时候，您无疑已经提出了一些词源学上的假设。您愿意告诉我吗？"

"没有，先生。"莫朗奇说道。

而且，他非常慎重地列举了我已经提到过的推导。

戴樱桃领结的这位矮小男子搓着手。

"很好，"他赞赏地说道，声调里充满了强烈的喜悦，"您的希腊学问可能很平庸。然而，这一切都是错的，大错特错。"

"正是因为我也持有怀疑态度，所以我才咨询您。"莫朗奇温和地说道。

"我不会再让您蒙在鼓里了，"勒·梅斯基先生说，"Antinea 这个词是这样衍生出来的，从本质上讲，ti 只不过是希腊名字被野蛮人附加的结果。Ti 是柏柏尔语定冠词中的阴性词，像这种混合的例子有很多，以北非城镇提帕萨为例，它的名字从 ti 和 $\nu\alpha\pi$ 而来，表示全部。同样，tinea 表示新的，源自 ti 和 $\varepsilon\alpha$。"

"前缀 An 呢？"莫朗奇问道。

"先生，"勒·梅斯基先生回答道，"我跟您讲了一个小时关于《克里特阿斯》的事,难道只能得出这样一个可怜的问题吗？可以肯定的是,前缀 An 本身没有任何意义。当我告诉你这是字尾音消失的一个奇特案例时,你就会明白它不能被读成 An,而是 Atlan。Atl 已被尾音省略所抛弃,但是 An 还在。简而言之,Antinea 这个词,根据希腊字母的组合,很明显它的意思是 The new Atlantis（新亚特兰蒂斯)。"

我望着莫朗奇,他无比惊讶。野蛮人的前缀 ti 简直把他弄糊涂了。

"您有机会来证实这个巧妙的推论吗？"他终于开了口。

"只要看看这几卷书就行了。"勒·梅斯基先生倨傲地说。

他一个接一个地打开五个、十个、二十个书柜。一个藏书丰富的图书馆展现在我们眼前。

"全都在这里了,全都在这里了。"莫朗奇喃喃道,语气中充满了恐惧和钦佩。

"无论如何,这些书都值得查阅,"勒·梅斯基先生说,"现在所谓的学术世界都在为失去这些伟大的作品而惋惜。"

"它们是怎么到这里来的？"

"亲爱的先生,您真叫我难过。我还以为您至少知道一些呢！您忘记了普林尼讲到迦太基图书馆和里面大量宝藏的那一段了吗？公元146 年,当这座城市被'攻城槌'西庇阿征服时,一群不可思议的文盲,即罗马元老院,对这些财富表现出了最深刻的蔑视,还把它们献给了当地的国王。就这样,这份奇妙的遗产落入了马斯塔那巴尔的手中。它们先后被传给了他的儿子和孙子、希普萨尔、朱巴一世、朱巴二世、杰出的克利奥帕特拉·塞莱娜的丈夫、伟大的克利奥帕特拉和马克·安东尼的女儿。克利奥帕特拉·赛琳娜生了一个女儿,她嫁给了亚特兰蒂斯的一位国王。就这样,尼普顿的女儿安蒂妮亚把不朽的埃及女王算作她的祖先之一。以这种方式,她继承了迦太基图书馆的遗存,再加上你们现在看到的亚历山大图书馆的遗存。

"知识逃避人类。当那些可怕的伪科学的巴别塔——柏林、伦敦、巴黎——建立起来的时候,知识就躲在霍格尔这个荒芜的角落。在那里,他们可以随心所欲地根据古代著作中已消失的奥秘编造假说。然而,这些著作并没有消失,它们就在这里。这些是希伯来书、迦勒底书、亚述书。这些是启发梭伦、希罗多德和柏拉图的伟大埃及的传统书籍。这里有希腊神话作家、罗马人统治下非洲魔术师以及印度梦想家的作品。简而言之,没有这些作品,当代人写出的论文就只是一种笑话。相信我,那个被他们当作疯子嘲笑的卑微的小毕业生已经报了仇。无论过去、现在还是将来,我都嘲笑他们虚伪的、断章取义的博学。当我死后,由于尼普顿小心翼翼地切断了他心爱的克里托与世界的联系,错误将继续主宰他们可怜的作品,克里托将成为他们笔下胡诌出来的至高无上的女主人。"

"先生，"莫朗奇严肃地说道，"您刚才肯定了埃及对这里人民文明的影响。出于某些原因，希望有一天我会有证据来向您证明这种联系。"

"这没有什么困难的，先生。"勒·梅斯基先生回答道。

然后轮到我了。

"先生，请允许我说句话，"我粗暴地说道，"我不向您隐瞒我的观点，这些历史讨论是非常不合时宜的。如果因为您大学的学术幻想破灭，并且您如今不能在法兰西学院或其他地方就职，这都不是我的错。此时此刻，只有一件事对我最重要，那就是知道我们在做什么。对我来说，我只想知道这位女士，安蒂妮亚，到底想要我做什么，比她名字的希腊或柏柏尔词源重要得多。我的朋友急于知道她与古埃及的关系，这很好。但对我来说，我首先想知道的是她与阿尔及利亚政府和阿拉伯地区的关系是什么。"

勒·梅斯基先生突然尖声大笑起来。

"我可以回答你们，叫你们两人都能满意，"他又补充道，"跟我来，到了你们的学习时间了。"

红色大理石大厅

　　我们跟在勒·梅斯基先生身后，又一次走过一段没完没了的楼梯和走廊。

　　"在这个迷宫里，人会失去方向感。"我低声对莫朗奇说道。

　　"这足以使人发疯，"我的同伴低声回答道，"这个老疯子肯定是个大学者，但天知道他想说些什么。无论如何，他答应我们很快就会知道的。"

　　勒·梅斯基先生在一扇又黑又重挂满奇形怪状标志的门前停下了脚步。他转动把手，打开了门。

　　"请进，先生们。"他说道。

一股新鲜的空气扑面而来。在我们刚刚进入的这个新大厅里，温度和岩洞一样。

起初，黑暗使我无法对它的大小有一个确切的概念。灯光被故意限制，有十二盏巨大的铜灯，像圆柱一样被摆放在地上，上面燃烧着明亮的红色火焰。我们进去时，从走廊吹来的风吹在这些火焰上，有一会儿，我们的影子被拉长了，奇怪地扭曲起来，在我们周围跳舞。然后，风渐渐平息，火焰不再乱窜，再次用它们不再摇摆的红舌舔舐着黑暗。

这十二盏巨大的灯——每盏大约三码高——被布置成一顶王冠的模样，王冠的直径至少有五十英尺。在这顶王冠的中央，出现了一团黑乎乎的东西，有红色的反光在颤动。走近一看，原来是一个喷泉，正是这些淡水维持了这个房间如岩洞般的温度。

巨大的座椅从中央的岩石上开凿出来，那潺潺的、朦胧的泉水原来是从岩石中涌出来的。座椅上堆着丝绸靠垫。在红色火炬的王冠内，还有另一个直径是这个王冠一半的更小的王冠，由十二个香炉组成。在黑暗之中，无法看到有烟升到拱形的天花板上。香炉里的烟无精打采，在水与涟漪的衬托下，似乎能洗涤灵魂中的杂念。

勒·梅斯基先生让我们坐在大厅中央的巨大座椅上。他坐在我们中间。

"再过一会儿，"他说道，"你们的眼睛就会适应黑暗了。"

我注意到他压低了声音，就像在寺庙里一样。

渐渐地，我们的眼睛习惯了这种红光。

整个大厅只有下半部分有照明，屋顶深陷在黑暗中，无法分辨它的高度。我隐约看见头顶上有一大片光泽，原来是一盏金色枝形吊灯，像其他东西一样，被暗红色的火焰舔舐着。同样地，我也没有办法判断它挂在屋顶上的链子有多长。

擦得锃亮的大理石地面，映出火炬巨大的影子。

正如我所说，这个大厅是圆形的，构成了一个完美的圆圈，我们背后的喷泉位于这个圆圈的中心。

我们就这样面对着圆形的墙壁。很快，我们的眼睛就无法从它们身上移开了，这就是这里的墙与众不同的地方，墙上凿有一系列黑暗的壁龛，在我们前面，这一行壁龛被我们刚刚进去的门给遮住了。在我们后面，有第二扇门，形成了一个较暗的缺口。我转过身来，在黑暗中几乎看不清东西。在一扇门和另一扇门之间，我数了数这样的壁龛有六十个，总共有一百二十个。每一个都有三米高，一米宽。每个壁龛里都装着一种箱子，上宽下窄，只有下面的部分是封闭的。除了对着我的那两个，我想我能分辨出一个闪闪发光的人影，毫无疑问是人影，一尊非常苍白的青铜雕像。在我面前的圆弧里，我数了数，这

127

些奇怪的雕像正好有三十个。这些雕像是什么？我想看个究竟，于是站起身来。

我感觉到勒·梅斯基先生的手抓住了我的胳膊。

"等时机成熟，"他用同样低沉的声音喃喃道，"等时机成熟。"

教授的眼睛正盯着我们进入大厅的那扇门，门后传来越来越清晰的脚步声。

门被无声地打开了，三个身着白衣的图阿雷格人走了进来。其中两个人肩上扛着一个长长的包袱，第三个似乎是首领。在他的示意下，他们把包裹放在地上，从一个壁龛里取出一个长方形的盒子。

"先生们，你们可以靠近了。"勒·梅斯基先生对我们说。

作为对他手势的回应，三个图阿雷格人后退了几步。

"您刚才要我，"勒·梅斯基先生对莫朗奇说道，"给你一个证据来证明埃及在这个国家的影响力。首先，您对这个事有什么看法？"

说着，他指了指仆人们刚刚从壁龛里取出来放在地上的箱子。

莫朗奇哽咽着发出一声喊叫。

摆在我们面前的是一个用来保存木乃伊的箱子。同样是抛光的木头，同样是色彩鲜艳的画作，唯一不同的是，这里的象形文字被蒂菲纳文字取代了。单凭那下窄上宽的形状就足以证明这一点。

我已经说过，这个箱子的下半部分是封闭的，这使整个箱子看起来像一只长方形的木鞋。

勒·梅斯基先生跪下来，把一张长方形的白纸板固定在箱子的正面。那是几分钟前我们离开书房时，他从桌子上拿来的一个大标牌。

"您可以看一下。"他简明说道，但声音仍然很低。

我也跪了下来，因为大烛台的光线使我很难辨认标牌，但我认出了上面是教授的笔迹，上面用又大又圆的字体写着几个简单的字：

"五十三号。阿奇博尔德·拉塞尔少校。1860 年 7 月 5 日生于里士满。1896 年 12 月 3 日死于霍格尔。"

我一跳就站起来了。

"拉塞尔少校！"我大叫一声。

"轻声，轻声，"勒·梅斯基先生说道，"谁也没有权利在这里高声说话。"

"拉塞尔少校，"我不由自主地遵守了他的命令，又说了一遍，"他不是去年离开喀土穆去索科托探险了吗？"

"就是他。"教授回答道。

"那么……拉塞尔少校在哪儿？"

"他就在这里。"勒·梅斯基先生答道。

教授做了个手势。一个身穿白衣的图阿雷格人走上前来。

神秘的大厅里笼罩着紧张的寂静，只有清凉的喷泉发出汩汩声。

三个黑人已经开始解开他们放在彩绘箱子旁的那个包裹。在一种难以言喻的恐惧的重压下，莫朗奇和我面面相觑。

很快，一个僵硬的人形出现了。一道红光照在上面，在我们面前，是一尊淡古铜色的雕像，平躺在地上，裹着一层白布，就像那些立在我们周围壁龛里的雕像一样，似乎用一种令人费解的目光盯着我们。

"阿奇博尔德·拉塞尔爵士。"勒·梅斯基先生慢条斯理地喃喃道。

莫朗奇默默地走近，他用力掀起那层薄面纱，久久地凝视着那尊雕像庄严的面孔。

"木乃伊、木乃伊。"他终于开口了。

"您错了，先生，这不是木乃伊。严格来讲，不是，"勒·梅斯基先生回答道，"这不是木乃伊。然而，摆在您面前的东西，无疑是阿奇博尔德·拉塞尔爵士的遗体。的确，我应该向您指出，亲爱的先生，安蒂妮亚使用的防腐方法与古埃及使用的不同。在这里他们不用泡碱，不用绷带，不用芳香剂。霍格尔的工业已经达到了一个只有欧洲科学经过长期实验才能得出的水平。当我第一次来到时，我惊讶地发现他们使用了一种我以为只有文明世界才会知道的方法。"

勒·梅斯基先生用食指的指关节轻轻地敲了敲阿奇博尔德·拉塞尔爵士光滑的前额。它发出了金属般的声音。

"这是青铜的，"我喃喃道，"这不是人的前额，这是青铜的。"

勒·梅斯基先生耸了耸肩。

"这是人的前额,"他果断地说,"但不是青铜的。先生,青铜的颜色会更深一些。这种金属就是柏拉图在《克里特阿斯》中提到的那种伟大的未知金属,它介乎金和银之间,是亚特兰蒂斯山特有的金属,叫黄铜。"

我弯下身子,看到这种金属和书房墙壁上的金属是一样的。

"这是黄铜,"勒·梅斯基先生继续说道,"您似乎不明白人的身体是如何以黄铜雕像的形式呈现出来的。来吧,莫朗奇上尉,我认为您是有一定知识的人,您从来没有听说过伐利奥特医生不经防腐处理而保存尸体的方法吗?您从来没读过他的书吗?他讲过一种所谓的电塑法。预先给皮肤薄薄地涂上一层银盐,使之成为导体,然后将尸体浸入硫酸铜溶液中,进行极化工作。这位英国少校的身体被金属化的过程是一样的。除了硫酸铜溶液已被通常是一种稀有物质的黄铜硫酸盐溶液所取代之外,其他都是一样的。因此,在您面前的不是铜像,而是比金银更难得的金属所制成的雕像——简言之,堪比尼普顿孙女的雕像。"

勒·梅斯基先生做了个手势,黑奴们抓住了尸体。短短几秒钟,他们就把这尊黄铜幽灵塞进了彩绘的木套里。它直立着,放在它的壁龛里,旁边的壁龛里有一个完全相似的护套,上面写着"五十二号"。

然后，任务完成了，他们一言不发，退了出去。从门口吹来的冷风又一次使铜火把里的火焰摇晃起来，相应地，我们巨大的影子也围绕着我们跳起舞来。

莫朗奇和我一动不动地站着，就像包围我们的那些苍白的金属幽灵一样。突然，我振作起来，摇摇晃晃地走到那位英国少校遗体旁边的壁龛前。我的眼睛寻找着第五十二号标签。

我靠在红色大理石墙上读道："五十二号，洛朗·迪涅上尉。1896年7月22日生于巴黎，1896年10月20日死于霍格尔。"

"迪涅上尉，"莫朗奇喃喃道，"1895年从科隆贝查出发去蒂米蒙，从此杳无音信。"

"一点不错。"勒·梅斯基先生赞许地点了点头。

"五十一号，"莫朗奇牙齿打战，念道，"冯·威特曼上校。1855年生于耶拿，1896年5月1日死于霍格尔。"

"威特曼上校，卡内姆的探险家，在阿加德斯方向消失了！"

"一点不错。"勒·梅斯基先生再次说道。

"五十号，"轮到我读了，我扶着墙不让自己倒下去，"阿隆泽·奥利维拉侯爵。1868年2月21日生于加的斯，1896年2月1日死于霍格尔。"

"……奥利维拉，他是奔着阿拉万方向去的！"

"一点不错，"勒·梅斯基先生重复道，"这个西班牙人消息很灵通。我和他就安提王国的确切地理位置进行了一些有趣的讨论。"

"四十九号，"莫朗奇读道，他的声音降成了耳语，"伍德豪斯中尉，1870 年 9 月 16 日生于利物浦，1895 年 10 月死于霍格尔。"

"比一个男孩稍大一点。"勒·梅斯基先生说道。

"四十八号，"我读道，"路易·德·马勒费中尉。出生于普罗文斯……"

我念不下去了。我的声音因激动而哽咽。路易·德·马勒费，我最好的朋友，我的老玩伴，在圣西尔，在每一个地方……我看着他，认出了金属外壳包裹下的他。是路易·德·马勒费！我把前额贴在冰冷的墙上，双肩起起伏伏，开始抽泣起来。

我听见莫朗奇用低沉的声音在跟教授说话。

"先生，这一幕已经持续得够久了，让我们结束它吧。"

"他想知道，"勒·梅斯基先生回答道，"我该怎么办呢？"

我大步走向他，抓住了他的肩膀。

"他怎么到这儿来的？他是怎么死的？"

"和其他人一样，"教授回答道，"跟伍德豪斯中尉、迪涅上尉、拉塞尔少校、冯·威特曼上校一样，跟昨天的四十七个人一样，跟明天的四十七个人一样。"

"他们是怎么死的？"莫朗奇严厉地问道。

教授望着莫朗奇。我看到我的同伴脸色煞白。

"他们是怎么死的,先生?"

"他们为爱而死,"他用非常低沉而严肃的声音补充道,"现在你们知道了。"

勒·梅斯基先生以一种我们几乎不会怀疑的体贴,温和地把我们从金属雕像旁引开。过了一会儿,莫朗奇和我发现我们又坐了下来,或者更确切地说,瘫倒在了大厅中央的垫子中间。在我们脚下,不为人注意的喷泉喃喃地吟唱着哀歌。

勒·梅斯基先生站在我们俩中间。

"现在你们知道了,"他重复道,"你们知道了,但你们还不明白。"他缓缓地说道,"你们和这些人一样,都是安蒂妮亚的俘房……安蒂妮亚必须复仇。"

"复仇!"莫朗奇回过神来,"告诉我为什么?我和我的朋友对亚特兰蒂斯女王做了什么?她为什么会恨我们?"

"因为一场旧日的争吵,一场旧日的争吵,"教授严肃地回答道,"莫朗奇先生,这是一场你无法理解的争吵。"

"求求您解释一下,勒·梅斯基教授。"

"你们是男人,她是个女人。"勒·梅斯基先生若有所思地说,"这才是重点所在。"

"真的，先生，我不明白……我们不明白。"

"你们会明白的。难道你们真的忘记了古代美丽的蛮族女王在被命运驱赶到她们海岸的陌生人手中所遭受的痛苦吗？诗人维克多·雨果在他的殖民诗《泰提的女儿》中对他们可憎的行为作了充分的描述。在我的记忆中，抢劫和忘恩负义的故事总是千篇一律。那些先生们占有了这些女士们的美貌和财富。然后有一天早上，他们消失了。如果男人没有带着船只和军队回来占领，那么这个女人就是幸运的。"

"您的博学令人愉快，先生，"莫朗奇说道，"请继续。"

"你们想要我举一些例子吗？唉，例子有的是。想想尤利西斯对卡吕普索是多么傲慢，第欧根尼对卡利洛是多么傲慢。忒修斯和阿里阿德涅呢？伊阿宋对美狄亚的行为冷酷得令人难以置信。罗马人继承了这一传统，但更加残暴。埃涅阿斯与斯巴达克牧师先生有许多共同之处，他对待蒂朵的方式极为卑劣。恺撒对克利奥帕特拉的行为简直就像一个臭名昭著的恶霸。最后，那个伪君子提图斯，靠着可怜的白丽蕾茜在伊都麦住了整整一年，却把她拖到罗马，让她彻底毁灭。雅弗特的儿子们也该为西姆的女儿们所受的大害还债了。

"最后，一个女人站了起来，重新建立了黑格尔对女性伟大而有利的波动定律。由于尼普顿的严密防范，她与雅利安人的世界隔绝开来，她吸引了最年轻、最勇敢的男人。她的身体是宽容的，但她的灵魂是无情的。她从这些年轻的勇士身上夺走了他们必须付出的一切。她把身体献给他们，却用灵魂支配他们。她是第一位从未被激情奴役过的君主。她从来不用重新控制自己，因为她从来没有放弃过自己。她是唯一一个成功地将爱情和激情这两个紧密联系在一起的情感彻底分开的女人。"

勒·梅斯基先生沉默了一会儿，接着说道："她每天会到这个大厅来一次，站在壁龛前，对着这些僵硬的雕像沉思。她抚摸着他们冰冷的胸脯，她知道那些胸脯曾经燃烧着激情。然后，在一个个空荡荡的壁龛前沉思之后，她漠然地回到等待她的人身边。那位男子很快就会永远睡在他冰冷的黄铜护套里。"

教授停止了讲话。喷泉的声音在阴影中再次响起。我的脉搏在跳动，我的大脑在燃烧，我烧得很厉害。

"所有人，所有人，"我喊道，全然不顾自己身在何处，"所有人都默许了！他们都顺从了她的愿望！啊！让她试试，她很快就会明白——"

莫朗奇一言不发。

"我亲爱的先生，"勒·梅斯基先生非常温和地说道，"你说话像个孩子。你不可能知道的，因为你还没见过安蒂妮亚。记住，在这些雕像中，"他做了个扫荡的手势，指了指那一圈沉默的雕像，"曾有和你一样勇敢的人，而且可能不那么敏感。其中一个，就是标着'三十二号'的那个，我记得他是一个冷漠的英国人。当他出现在安蒂妮亚面前时，他正抽着雪茄。像其他人一样，我亲爱的先生，他也被她的眼神征服了。

"见不到她就别说话。学术生涯并不能让一个人有资格谈论激情，我觉得我无法为你描述安蒂妮亚。我只能向你保证一件事：从你见到她的那一刻起，你就会忘记一切。什么家庭、国家、荣誉，你会为她放弃一切、一切。"

"一切吗，先生？"莫朗奇非常镇定地问道。

"一切，"勒·梅斯基先生强调道，"你会忘记一切，你会放弃一切。"

我们又听到了微弱的声音。勒·梅斯基先生看了看表，"现在你就会明白了。"

门开了。一位身着白衣的塔基人，也是我们在这个令人畏惧的地方所见过的个头最高的塔基人，向我们走来。

他鞠了一躬，然后轻轻地碰了碰我的胳膊。

"跟我来，先生。"勒·梅斯基先生说道。

我二话没说就照做了。

安蒂妮亚

我跟着向导穿过一条新的走廊。我越来越兴奋，迫不及待地想要做一件事，就是面对这个女人，告诉她……至于其他的，我的生命早已经被献祭了。

我错了，我希望这次冒险会立即出现英雄般的转折。在生活中，喜剧和悲剧并没有明确的界限。过去无数的细节应该使我记得，在我的这次冒险中，悲剧经常与闹剧混杂在一起。

当我们走到一扇小门前，有一盏灯照了进来，我的向导站到一边，让我过去。

然后我发现自己来到一间最舒适、最方便的更衣室里。从磨砂玻璃的天花板上，一束欢快的玫瑰色光线倾泻在大理石地板上。我首先看到的是墙上挂着一个钟，通常的数字被黄道十二宫的符号所取代。那只小手（时针）还没有到达公羊的标志处。

三点钟，才三点钟！

这一天仿佛已经过了一个世纪……但才过了一半多一点。

这时我又有了一个新想法，我笑得直发抖。"安蒂妮亚当然希望我见到她时能表现出最好的状态。"

一面巨大的黄铜镜子占据了房间的一侧。我照了照镜子后发现，提前采取这些措施是有充分理由的。我的胡子没有修剪，乱蓬蓬的，眼睛周围有一层可怕的污垢，脸颊上一条条的皱纹也藏污纳垢，我的衣服被撒哈拉沙漠的各种泥土弄得脏兮兮的，又被霍格尔的多刺灌木丛撕破。所有这些加在一起，使我看起来像一个相当可怜的求婚者。

没过多久，我就脱下衣服，跳进更衣室中央的斑岩浴室里。在温暖而芬芳的水中，有一种美滋滋、懒洋洋的感觉悄悄传遍我的全身。在我面前的梳妆台上，有上千个小坛子闪闪发光。它们的大小和颜色各不相同，由一种非常透明的玉切割而成。房间里潮湿的空气缓和了我紧张的神经。

"去他的安蒂妮亚，去他的大理石大厅和勒·梅斯基先生。"我只剩下一点精力来思考。

然后我在浴缸里睡着了。

当我再次睁开眼睛时，时钟的指针已经快到牛的标志了。在我面前站着一个高大的黑人，双手靠在浴盆边上。他光着脸，双臂赤裸，前额缠着一条橙色的大头巾。他望着我，默默地微笑着，露出两排洁白的牙齿。

"你到底从哪来的？"

黑人比以前笑得更开心了。他二话没说，一把抓住我，把我举起来，仿佛我是一根羽毛，从我的香浴中飞了出来，我宁愿不描述它现在的颜色。

很快，我发现自己躺在一块倾斜的大理石板上。

这个黑人开始使劲给我按摩。

"轻一点，你这个傻瓜！"

我的按摩师没有回答，只是笑了起来，比刚才更用力地按摩。

"你来自哪里？加奈姆吗？博尔库吗？作为一个塔基人，你笑得太多了。"

还是同样的沉默。这个黑人既愚蠢又滑稽。

"说到底，这有什么关系呢？"我想，"不管他是谁，他比博学多识的勒·梅斯基更讨人喜欢。但是，天哪，他要是去马图兰街的哈曼，那该是多么好的一个新兵啊！"

"有烟吗，西迪？"

不等我回答，那黑人就把一支烟放在我的唇间，点燃了，立刻又开始为我按摩。

"他话不多，但很乐于助人。"我一边想，一边朝他脸上喷了一个烟圈。

这个玩笑似乎对他很有吸引力。他用力拍打我，表示他很高兴。

当他把我擦干净后，他从梳妆台上拿了一个小罐子，开始在我身上涂上粉红色的膏体。所有疲劳的痕迹似乎都从我恢复活力的肌肉上消失了。

一声锣响。我的按摩师消失了，一个干瘪的老黑人穿着最艳丽的衣服走了进来。她像喜鹊一样喋喋不休，她滔滔不绝地说着话，但我一个字也听不懂。与此同时，她抓住我的手，然后是我的脚，要给我打磨手指甲和脚指甲。

锣声再次响起。老妇人让位于第二个黑人，这个黑人很严肃，一身白衣，椭圆形脑袋上戴着一顶针织棉帽。他是个理发师，手出奇灵巧。他很快就给我剪了头发，而且剪得很好。然后，他没有问我胡子是怎么留的，就把我的胡子刮干净了。

我高兴地望着镜子里自己剃光了胡子的脸。

我想，安蒂妮亚一定喜欢美国时装。这是对她可敬的祖父尼普顿的侮辱!

就在这时,那个兴高采烈的黑人走了进来,把一个包袱放在长沙发上。理发师消失了。我惊讶地发现,在我的新男仆小心翼翼地打开的包裹里,有一套完整的白色法兰绒西装,样式和法国军官夏天在阿尔及利亚穿的一模一样。

宽大柔软的裤子可能是量身定做的。这件束腰外衣非常合身,令我惊奇的是,每只袖子上都有两道代表我军衔的金色条纹。至于鞋子,那是一双红色摩洛哥皮拖鞋,上面还有金饰。丝绸内衣可能直接来自和平街。

"太棒了,"我满意地望着镜子里的自己,喃喃道,"房间布置得很好,那么其他方面呢?"

当我第一次想到红色大理石大厅时,我禁不住打了个寒战。

就在这时,四点半的钟声响起。

有人小心翼翼地敲门。带我来的那个高个子塔基人出现在门口。

他走上前来,又一次碰了碰我的胳膊,向我示意。

我又一次跟着他。

我们再次穿过长长的走廊。我很兴奋,但温水在某种程度上安抚了我。最重要的是,我感到自己被一种势不可挡的好奇心压得喘不过气来,甚至连我自己都不愿意承认。从那一刻起,如果有人提出带我回到谢赫萨拉赫附近的白色平原之路，我会接受吗？我不这么认为。

我试着为这种好奇心感到羞愧。我想到了马勒费。

"他一定也是沿着这条走廊走的。现在他就在下面，在红色大理石大厅里。"

我没有时间继续回忆。突然，我像被雷击中一样，被人推倒在地上。走廊里一片漆黑，我什么也看不见，只能听到一声嘲弄的号叫。

身穿白衣的塔基人站在一边，背靠着墙。

"很好，"我站起来，喃喃自语道，"好戏开始了。"

我们又继续往前走。不久，除了玫瑰灯之外，还有一束光照亮了走廊。

然后，我们来到一扇高高的青铜门前，光线透过门，形成一种奇怪的蕾丝图案。清脆的锣声响起，双门半开。这位塔基人一直待在走廊里，在我身后关上了门。

我机械地走了几步，独自走进房间。然后我停了下来，站在原地，举起手捂住眼睛。

我发现自己置身于蔚蓝色的光线中，眼花缭乱。

几个小时的背光使我不习惯白天的光线。

光线从大厅的一侧涌了进来。

大殿位于这座山的低处，如画的走廊比埃及金字塔还要密集。在我早上从书房阳台上看到的花园的一个平面上，它似乎成了这个花园的延续。你看不清一个从哪里开始，另一个从哪里结束。大棕榈树下铺着地毯，鸟儿在大厅里茂密的柱子间飞来飞去。

相比之下，没有直接沐浴在绿洲阳光下的那部分似乎都是黑暗的。夕阳在山后沉落，落日的余晖给小路上的沙砾染上了玫瑰色，并照亮了猩红色的火烈鸟，只见它稳稳地，一只脚悬在空中，站在深蓝宝石般的小湖边。

突然，我又被撞倒了。一个沉重的负担压在了我的肩上。我感到脖子上有一种温暖而柔滑的东西，后脑勺上有一股热气。与此同时，曾在走廊里震动过我神经的那种嘲弄的号叫又响了起来。

我猛地一扭，挣脱开来，用拳头胡乱地朝攻击我的来者打去。号叫声又响起来了，这一次是痛苦和愤怒的号叫。

伴着回音，有一阵长长的笑声。我怒不可遏，一跃而起，四下怒视，想看看到底是谁如此无礼。我准备控制自己的怒火，然后我的目光变得呆滞起来。

我面前是安蒂妮亚。

在大厅里较暗的地方，用十来块有色玻璃人为地发出光亮，在圆屋顶下面，四个女人身体伸直，躺在一堆条纹靠垫和最稀有的白色波斯地毯上。

我认出来前三个是图阿雷格女人，她们美丽端庄，穿着华丽的白色丝绸长袍，上面绣着金丝。第四个人皮肤很黑，是最小的一个，她穿着一件红绸上衣，把她的脸、胳膊和光脚的暗色衬托得更加突出。这四个人都围绕着一个白色的大理石塔，上面铺着一张巨大的狮子皮，安蒂妮亚躺在上面，用她的胳膊肘支撑着头。

安蒂妮亚！每当我再次见到她时，我就问自己，在激动中我是否真的是第一次见到她，她每次看上去都更加美丽。更加美丽？少得可怜的字，苍白无力的语言！但这真的是语言的错，还是那些滥用这个词的人的错？

在这个女人面前，不唤起她的魔力是不可能的，为了她，埃弗拉克修斯征服了阿特拉斯；为了她，萨波尔篡夺了奥斯曼迪亚斯的权杖；为了她，马米洛斯征服了苏兹和坦特利斯；为了她，安东尼背弃了自己的国家……

"哦，颤抖的心，如果你跳动，那就在她的怀抱中，在她那专横的情欲中跳动吧！"

埃及披肩垂在她浓密的鬈发上，浓密的黑发中透着蓝色。那件厚重的绣金衣服的两端一直长到她纤细的臀部。她那拱起的、任性的前额被一条金色的蛇形饰物围绕着，蛇信子在翡翠色的眼睛下，在年轻女子的头顶上闪烁着红宝石般的光芒。

她体态轻盈而饱满，穿着一件镶着金边的黑色雪纺束腰外衣，仅用一条绣有黑珍珠鸢尾花的白色细棉布围巾松松地系在一起。

这就是安蒂妮亚的装束。但在这迷人的外表下，她又是什么样的人呢？她有着少女般的身材，一双绿色的大眼睛明眸善睐。从纤细的侧面看，她像鹰一样，不怒自威，活脱脱一个阿多尼斯，但比阿多尼斯更敏感。一个幼年的示巴女王，却有着东方人从未见过的眼神和微笑，奇迹般集铁石心肠和警觉于一身。

我看不到安蒂妮亚的身体。的确，即使我有力量，我也不会想到去看我久仰的身体。这也许是我第一印象中最不寻常的事情。想想红色大理石大厅里那些受尽折磨而死去并被制成雕像的人，那五十个年轻人都曾把这瘦小的身体抱在怀里。在这个难以忘怀的时刻，光是想到这些事情就仿佛是最可怕的亵渎。尽管她的束腰外衣大胆地从侧面分开，性感的喉咙暴露在外，手臂赤裸，面纱下隐藏着神秘，尽管围绕着她的是骇人听闻的传说，这个女人却设法表现出一种非常纯洁的样子，千真万确，一种贞洁的样子。

有那么一会儿，她完全沉浸在我跌倒在她面前引起的一阵笑声中。

"海勒姆·罗伊！"她叫道。

我转过身来，看到了攻击者。

在离地二十英尺高的一根柱子上，挂着一只漂亮的猎豹。我刚才一拳打在了它的眼睛上，它的怒火还在燃烧。

"海勒姆·罗伊！"安蒂妮亚重复道，"过来！"

野兽像弹簧一样放松了。现在它蹲在女主人的脚边，我看见它用红舌头舔着女主人小巧玲珑的裸露在外的脚踝。

"请原谅，先生。"这位年轻的女子说道。

猎豹用仇恨的眼神看着我。它嘴巴上黄褐色的皮肤在它的黑胡须后面皱了起来。

"夫……特！"它像只大猫一样嘟囔着。

"过去。"安蒂妮亚命令道。

那只动物不情愿地悄悄向我走来。它谦恭地把头夹在两爪之间，等待着。

我抚摸着它长满斑点的脑袋。

"汝不能对他有任何恶意，"安蒂妮亚说道，"它一开始和陌生人在一起总是这样。"

"那它一定经常发脾气。"我简明说道。

这是我说的第一句话，让安蒂妮亚的嘴唇露出了微笑。

她静静地端详了我很久。"阿吉达，"她对一个图阿雷格女子说，"请把二十四磅金子交给切海尔·本·谢赫。"

"汝是中尉？"她停了一会儿，问道。

"是的。"

"汝来自哪里？"

"法国。"

"我早就猜到了，"她讽刺地说，"汝从法国哪个地方来的？"

"一个叫洛特加隆的地方。"

"什么地方？"

"杜拉斯。"

她思考了一会儿。

"杜拉斯！那里有条小河，叫'德罗河'，有一座很大的古堡。"

"你知道杜拉斯？"我目瞪口呆，结结巴巴地说道。

"从波尔多乘火车经一段小铁路到那里去，"她接着说道，"这条线路穿过山丘，山上覆盖着葡萄园，上面有古老的封建遗迹。那些村庄都有好听的名字：蒙赛格、萨维特里德古因内、拉特利斯奈、克里昂……克里昂，在安提戈涅。"

"你去过那里？"

她望着我。

"请说汝，"她带着一种倦怠的神情，"汝迟早得这么做。现在就做。"

这句有威胁的话语立刻使我内心震动不已。我想起了勒·梅斯基先生的话，"见不到她就别说话。从你见到她的那一刻起，你就会为她放弃一切。"

"我去过杜拉斯吗？"她接着说，发出一阵笑声，"汝真有趣。汝能想象尼普顿的孙女坐在当地铁路的头等车厢里吗？"

她伸出手来，指着耸立在花园里棕榈树上方那块巨大的白色岩石。

"那是我的视界。"她严肃地说道。

她从散落在狮子皮上的几本书中随便挑了一本打开。

"这是西部列车时刻表，"她说道，"对于一个从未旅行过的人来说，这是一本多么棒的书啊！现在是下午五点半。三分钟前，一列停靠的火车到达了夏朗－下尔省的苏格尔，它将在六分钟后再次出发，再过两小时它就会到达拉罗谢尔。在这样的环境中想到这样的事情是多么奇怪啊！这样的距离！如此多的行程！如此安宁！"

"你法语说得很好。"我说。

她神经质地微微一笑。

"必须的。我还会德语、意大利语、英语和西班牙语。我的生活方式使我精通多种语言，但我最喜欢法语，胜过图阿雷格语，甚至阿拉伯语。我说这些话并不是为了取悦汝。"

一阵沉默。我想起了她的祖先，普鲁塔克说："与多个民族交往，她需要翻译的时候很少。克利奥帕特拉用他们自己的语言与埃塞俄比亚人、特罗戈洛特人、希伯来人、阿拉伯人、叙利亚人、米底亚人和帕提亚人交谈。"

"不要那样站在屋子中间，这让我觉得不舒服，过来坐在我旁边，往上走，海勒姆·罗伊先生。"

猎豹勉强服从了。

"把汝的手给我。"她命令道。

她身边放着一只大玛瑙高脚杯，她从里面拿出一枚很简单的黄铜戒指，她把它套在我左手的无名指上。我注意到她在同一个手指上也戴了一个这样的戒指。

"塔尼特·泽尔加，给德·圣·阿维特先生一杯玫瑰果子露。"

穿红绸衣服的女黑人急忙照做。

"我的私人秘书，"安蒂妮亚说道，"尼日尔河畔加奥的坦尼特·泽尔加小姐。她的家族几乎和我的家族一样古老。"

她一边说，一边看着我。她那双绿色的眼睛紧盯着我。"汝的同伴，那位上尉呢？"隔开老远，她向我问道，"我还没有认识他呢。他是什么样的人？他长得像汝吗？"

我这才发现自从自己来到她面前以来，我第一次想到了莫朗奇。我没有回答。

安蒂妮亚微微一笑。

她全身躺在狮子皮上。她的右腿露了出来。

"是回到他身边的时候了，"她懒洋洋地说道，"不久我就会下达指令。坦尼特·泽尔加，带他回去。先带他去他的房间，他还没看到呢。"

我站起来，握着她的手吻了吻。她用手狠狠地打了我一下，我的嘴唇在流血，仿佛要把我标记为她的财产。

我走在黑暗的走廊里。穿着红色丝绸外衣的个头不高的女仆走在前面。

"这是你的房间，"她说道，"现在，如果你愿意，我带你到餐室去。其他人很快就会来吃饭。"

她断断续续说着一口令人愉快的法语。

"不，坦尼特·泽尔加，不，今晚我宁愿待在这里。我不饿。我累了。"

"你记得我的名字。"她说道。

她似乎为此感到自豪。我觉得万一有需要，她应该会是我的盟友。

"我记得你的名字，小坦尼特·泽尔加，因为这个名字很好听。"我补充道，"现在你走吧，小姑娘，我想一个人静静。"

她在房间里没完没了地徘徊。我既感动又恼怒，我突然产生了一种强烈的愿望，想让自己独自思考。

"我的房间在你房间的上面，"她说道，"这张桌子上有一面铜锣。如果你想要什么，只要去击打它，就会有一个白衣塔基人出现。"这个想法让我觉得好笑：在撒哈拉沙漠中心的一家酒店里，我只要按铃叫

151

人到场就行了。

我看着我的房间。我的房间！我能住多久？

这个房间相当大。有多个靠垫，有一张长沙发，有一个凿在岩石上的壁龛，整个房间都由一扇巨大的飘窗照亮，窗户上有一个草帘遮着。

我走到窗前，拉起百叶窗，让夕阳照进来。

我把胳膊肘支在岩石窗台上，心里充满了难以言喻的情感。窗户朝南，离地面至少有两百英尺。下面是陡峭的黑色火山岩壁，令人眼花缭乱。

在我前面，大约两英里之外，是另一堵墙，这是第一堵围墙，在《克里特阿斯》中提到过。在远处，我看到了无边无际的红色沙漠。

莫朗奇站起来，不见了

我太累了，所以一直睡到第二天。大约在下午三点，我才醒来。

我立刻想起了前一天发生的事情，并找到了惊讶的理由。

"让我想想，"我自言自语道，"我们必须把事情理清楚。首先我得请教莫朗奇。"

坦尼特·泽尔加指给我看的锣就在我伸手可及的地方。我敲了一下，一个白衣塔基人出现了。

"带我去书房。"我命令道。

他服从了。当我们再一次穿过迷宫般的楼梯和走廊时，我意识到我不可能独自找到路。

莫朗奇在书房里。他正在埋头看手稿。

"一本遗失的圣·奥普塔特的论著，"他说，"哦，要是多姆·格兰杰在这里就好了！看，一半是用安色尔字体书写的。"

我没有回答。在桌子上，手稿旁边，有样东西引起了我的注意。那是一枚黄铜戒指，和前一天安蒂妮亚给我的那枚，还有她自己戴的那枚，一模一样。

莫朗奇微微一笑。

"嗯？"我表示惊讶。

"嗯？"

"你见过她了？"

"我确实见过她了。"莫朗奇回答道。

"她很漂亮，不是吗？"

"我想这一点很难反驳，"我的同伴回答道，"我想我甚至可以说她既漂亮又聪明。"

一阵沉默。莫朗奇非常镇定，正用手指摆弄着那枚黄铜戒指。

"你知道我们的命运是什么吗？"我问道。

"我知道。昨天，勒·梅斯基先生谨慎地用神话般的语言向我们解释了这件事。这当然是一次非比寻常的冒险。"他沉默了一会儿，望着我的脸，说道，"我非常抱歉把你拖到这儿来。唯一让人宽慰的是，从昨天晚上起，你已经欣然接受了这一切。"

莫朗奇是在哪里获得读心术的？我没有回答，这就给了他最好的证据，证明他是对的。

"你打算怎么办？"我终于喃喃道。

他合上稿子，舒舒服服地坐在椅子上，点上一支雪茄，回答道："我都想过了。借助于一点决疑论，我决定了我的行动路线。这很简单，经不起讨论。

"我的处境和你的不太一样，因为我的准宗教性格，我必须承认，这种性格已经进入了一种奇怪的状态。当然，我没有立下誓言，但是，除了我仍尊重的第九诚戒律中关于与妻子以外的女人发生关系的禁令之外，我必须承认，我对这位可敬的切海尔·本·谢赫招募我们的这种服务没有兴趣。

"然而，除了这些之外，还有一点需要考虑，我的生活并不完全是我自己的，我不可以像一个私人探险家那样，为了自己的目的，自费旅行。我有使命要完成，有成果要取得。因此，如果我能通过支付在这里流行的奇怪通行费来恢复我的自由，我就会同意尽我所能屈服于安蒂妮亚的愿望。我非常了解教会的胸怀，特别是我所属的教派的胸怀：这一行动方针将立即得到批准，谁知道呢？也许会批准吧。

"埃及人圣·玛丽在类似的情况下向船夫投降了，这会给她带来荣耀。但是这样做，她肯定会达到她的目的，一个神圣的目的，为了达到目的可以不择手段。

"现在，在我看来，情况完全不同。即使我屈从于这个女人的任性，也不能阻止我被列入红色大理石大厅的第五十四号，或者是第五十五号，如果她更愿意从你开始的话。在这种情况下……"

"在这种情况下？"

"在这种情况下，我若是默许，那是不可原谅的。"

"那你打算怎么办呢？"

"我该怎么办呢！"

莫朗奇把头靠在扶手椅上，对着天花板喷了一个烟圈，笑了。

"没什么，"他说道，"这就够了。你看，在这件事上，男人比女人有无可争辩的优势。自然，男人有能力进行彻底的抵抗，而女人不是这样的。"他带着讽刺的表情补充道："一个不甘心服从的人是不会被强迫的。"

我低下了头。

"我在安蒂妮亚身上尝试了最微妙的推理，"他又开始说道，"简直就是浪费时间。

"'但是，'我的理由已经用尽了，我问她，'为什么勒·梅斯基先生不可以呢？'她突然大笑起来，'为什么不是斯巴达克牧师先生？'

她回应道，'勒·梅斯基先生和斯巴达克先生？他们是我非常尊敬的学者，可是'最是无用梦想家，枯燥无解问题压。愚蠢至极真可笑，爱与真诚混一搭。'

"'此外，'她带着迷人的微笑补充道，'汝从来没有见过他们吗？'

"她接着又对我的外表恭维了几句，但我想不出什么来接话，波德莱尔的那四行诗使我十分不安。

"她屈尊进一步解释道：'勒·梅斯基先生的学识对我很有用。他懂西班牙语和意大利语，帮我整理文件，并致力于建立我的神圣家谱。斯巴达克牧师先生懂英语和德语。别洛斯基伯爵通晓斯拉夫语言，此外，我像爱父亲一样爱他。他在我很小的时候就认识我，那时我还没有开始想这种愚蠢的事情——你知道我的意思。在我与不同国籍的外国游客打交道时，他们对我来说是不可或缺的，尽管我开始学着掌握一些必要的方言……但我说得太多了，这是我第一次解释我的行为。你的朋友并不像你那么好奇。'说完她就打发我走了。真是个有趣的女人，我想她是仁南的弟子，但比她的师父更好色。"

"先生们，"勒·梅斯基先生突然说道，"你们迟到了，我们在等你们吃晚饭呢。"

这位身材矮小的教授今晚神采奕奕，异于平常。他戴着一个新的紫罗兰花环。

"如此说来，她宠幸过你们了？"他开玩笑地问道。

莫朗奇和我都没有回答。

当我们到达时，斯巴达克牧师先生和吉多米尔酋长已经开始吃晚饭了。夕阳的红色光芒洒在奶油色的垫子上。

"请坐，先生们，"勒·梅斯基先生大声说道，"德·圣·阿维特中尉，昨晚你没和我们在一起，今晚你们将首次领略班巴拉族厨师扣扣的厨艺。吃吃看，合不合口味，告诉我就行。"

一位黑人仆人给我上了一盘甜椒酱鱼，鱼很漂亮，红得像西红柿。

我已经说过我很饿了。这道菜很精致，酱汁立刻使人口渴。

"1879 年的霍格尔白葡萄酒，"吉多米尔的酋长低声说着，给我的酒杯斟满了上等的黄玉酒，"我自己酿造的，虽然它不上头，但会让你脚打飘。"

我一饮而尽。我开始觉得这位来宾很迷人。

"唔，莫朗奇上尉，"勒·梅斯基先生对我的同伴喊道，他正在认真地讨论他的鲂鱼，"您对这个刺鳍鱼有什么话要说吗？它可是今天在绿洲湖里捕获的。您是不是开始承认撒哈拉海的假说了？"

"这条鱼就是个论据。"我的同伴说——突然，他沉默了。门开了。白衣塔基人走了进来。客人们没有说话。

蒙着面纱的男人慢慢地走近莫朗奇。他摸了摸他的右臂。

"好的。"莫朗奇说道。

于是，他站起来，跟在送信的人后面。

我和别洛斯基伯爵之间放着一瓶1879年的霍格尔酒。我斟满了我的高脚杯，大约半升，一饮而尽。

这位酋长同情地望了我一眼。

"哈哈！"勒·梅斯基先生用胳膊肘碰了碰我说，"你知道，安蒂妮亚尊重军衔，先大后小。"

斯巴达克牧师先生一本正经地笑了笑。

"哈哈！"勒·梅斯基先生重复道。

我的酒杯空了。有那么一瞬间，我真想把它扔到他头上去。但转眼间，我把它斟满，又喝光了。

"莫朗奇只会在精神上品尝这美味的烤羊肉。"教授说着，变得越来越滑稽，自顾自吃了一大块肉。

"他不会错过太多的，"酋长生气地说道，"这不是烤羊肉，更像是野羊角。真的，扣扣开始取笑我们了。"

"你一定会责怪我们的牧师朋友，"勒·梅斯基先生用刺耳的声音继续说，"我已经多次警告过他，不要对我们的厨子过于殷勤。"

"教授！"斯巴达克先生庄严地说道。

"我坚持我的抗议，"勒·梅斯基先生微醺着喊道，"由这位先生来判断。"他转向我继续说道，"你是新来的，所以不会有偏见。我问你，谁有权利把班巴拉族厨师的脑子弄糊涂，整天给他灌输根本不适应的神学理论？"

"唉！"牧师遗憾地说，"你大错特错了！他太喜欢争论了。"

"扣扣是个游手好闲的无赖，他趁这个机会停下工作去烤肉。"酋长说道，"教皇万岁！"他喊道，把所有的杯子都斟满了。

"我向你保证，这个班巴拉人让我很焦虑，"斯巴达克先生很有尊严地继续说道，"你知道最新的消息吗？他否认真实存在。在那里，他濒临陷入茨温格尔和欧科拉帕狄乌斯的错误。扣扣否认真实存在。"

"先生，"勒·梅斯基先生说道，他变得非常激动，"应该让那些管厨房的人安静下来，这就是耶稣的观点。我认为，他和你一样是个出色的神学家，但他为了能跟玛莎胡说八道，从来没有想过要把她从烤炉前拉开。"

"完全正确。"酋长赞许地说道。

他把一个瓶子夹在两膝之间，想把瓶塞拔出来。

"柯蒂斯贵腐酒，"当他成功地将瓶塞拔出来时，他低声对我说道，"准备好你们的杯子，先生们！"

"扣扣否认真实存在。"牧师继续说道，悲伤地喝光了他杯子里的酒。

"什么！"吉多米尔酋长在我耳边低声说道，"让他们说去吧。难道你看不出他们已经醉得不行了吗？"

他自己说话也含糊不清。他费了很大的劲才把我的酒杯斟满。

我想把酒瓶推开，忽然一个想法出现在了我的脑海里。

"此时此刻，莫朗奇……不管他说什么……她太漂亮了！"

然后，我拿起酒杯，又把它喝光了。

这时，勒·梅斯基先生和牧师正卷入一场极为不同寻常的宗教争论中，他们把《公祷书》《人权宣言》和《独神牛》相互扔向对方的脑袋。慢慢地，酋长占了上风，这是一个上流社会的人的特征，即使他喝醉了。这是教育所给予的，但又不仅仅是教育。

别洛斯基伯爵的酒量是教授和牧师的五倍，但他喝了十倍的酒。

"让这些酒鬼自生自灭吧，"他厌恶地说道，"来吧，我亲爱的朋友。伙伴们在棋牌室里等着我们呢。"

"女士们，先生们，"我们进门时，酋长说道，"请允许我向你们介绍一位新人，我的朋友德·圣·阿维特中尉。"

"什么也别说，"他在我耳边小声说道，"这些人都是仆人……不过，你看，我是装的。"

我看他确实喝醉了。

棋牌室又长又窄。一张与地板齐平的大桌子，周围是靠垫，十几个当地人在上面打牌，这是主要的家具。墙上挂着最令人愉快的折中主义的油画：达·芬奇的《施洗者圣约翰》和纽维尔的《死亡之家》。

桌上放着几只赤陶酒杯和一个装满棕榈酒的沉甸甸的瓶子。我在人群中发现了一些熟人：为我提供过服务的按摩师、美甲师、理发师，还有两三个穿白衣的图阿雷格人，他们摘下面纱，严肃地叼着长长的铜烟斗。在等待更好的东西出现时，所有人都沉浸在一种看起来像"拉姆斯"的纸牌游戏的乐趣中。安蒂妮亚那两个美丽的侍女阿吉达和西迪亚也在这里。她们的皮肤光滑黝黑，在银光闪闪的面纱下黑得发亮。很遗憾，我没有看到身着红色丝绸束腰外衣的坦尼特·泽尔加。我又想起了莫朗奇，但只有那么一瞬。

"拿筹码来，扣扣，"酋长命令道，"我们不是来玩的。"

茨温利斯特派厨师在他面前放了一盒五颜六色的筹码。别洛斯基伯爵开始数起来，极其严肃地把它们堆成小堆。

"白色筹码值一个路易，"他向我解释道，"红色的，一百法郎。黄色的五百，绿色的一千。哦！你知道，我们在玩一个魔鬼游戏，你马上就会知道的。"

"我从银行取一万。"茨温利斯特派的厨子说道。

"一万两千。"酋长说道。

"一万三千。"西迪亚坐在伯爵的一只膝盖上，正在整理一堆堆的筹码，她莞尔一笑，说道。

"一万四千。"我说道。

"一万五千。"老黑人美甲师罗西塔尖声说道。

"一万七千!"酋长宣布道。

"两万!"厨子厉声说道。

他把锤子敲了下来,一脸不屑地看着其他人。"两万。我下注两万。"

酋长做了一个愤怒的动作。

"该死的扣扣!我们对这畜生无能为力。你得小心点,先生。"

扣扣已经在桌子的尽头坐定。他现在洗牌的动作极其灵巧,看得我目瞪口呆,喘不过气来。

"我怎么跟你说的?就像在安娜·德斯里昂家一样。"酋长骄傲地喃喃道。

"先生们,下注吧,"黑人厉声说道,"下注吧,先生们。"

"等等,白痴,"别洛斯基说道,"你没看见杯子是空的吗?看这里,卡坎博!"

杯子立刻被咧嘴笑着的按摩师斟满。

"抽牌。"扣扣对坐在他右边的美丽的塔基人西迪亚说道。

那年轻女子显然很迷信,她用左手抽牌。但是必须承认,她的右手正忙着拿酒杯。她把酒杯举到嘴边,我看到那美丽光滑的喉咙膨胀起来。

"发牌。"扣扣说道。

我们的位置是这样的:左边是酋长,阿吉达（他的胳膊搂着她的腰,带着最高贵的淡然）,卡坎博,一位塔基族女人,还有两位戴着面纱的黑人,全都严肃而专注地玩着游戏。右边是西迪亚、我、老美甲师罗西塔、理发师巴鲁夫、另一位女人、两位白衣塔基人,像对面的人一样严肃而专注。

"我要一张。"酋长说。

西迪亚摇了摇头。

扣扣抽了牌,给了酋长一张"四",给了自己一张"五"。

"八。"比洛斯基宣布道。

"六。"漂亮的西迪亚说道。

"七,"扣扣打断道,"一张牌可以管上另一张牌。"他冷冷地补充道。

"我加倍。"酋长说道。

卡坎博和阿吉达以他为榜样。在我们这边,则更加谨慎。尤其是美甲师,每次冒险赌的金额从来不会超过二十法郎。

"我要求把牌摆平。"扣扣泰然自若地说道。

"这太令人难以忍受了,"伯爵咆哮道,"瞧,你满意吗？"

扣扣发了一张"九"。

"该死！"别洛斯基吼道,"我有一张'八'。"

我有两个"王"，但我没有表达自己的不满。罗西塔拿走了我的牌。

我看着我右边的西迪亚。她浓密的黑发遮住了肩膀。她真的很漂亮，有点醉意，就像这个变幻莫测的集会上的其他人一样。她也在看着我，但垂着眼皮，像只胆小的动物。

"啊！"我想，"她害怕了。我被打上了游戏的烙印。"

我摸了摸她的脚。她害怕地往后退。

"谁要牌？"扣扣问道。

"我不要。"酋长说道。

"我要。"西迪亚说道。

厨子抽了一张"四"。

"九。"他说道。

"那张牌应该是我的，"伯爵发誓说，"我有五——五！哦，要是我没有答应过拿破仑三世皇帝就好了。我再也不要抽到五了！有时很难，非常难……那黑人不玩了。"

果真如此。扣扣赢得了四分之三的筹码，他高傲地站起来，向大家鞠躬："先生们，我们明天见。"

"你们都出去！"吉多米尔的酋长吼道，"德·圣·阿维特先生留下来。"

只剩下我们俩时，他又给自己倒了一大杯酒。房间的天花板上，

165

一片灰色的烟雾缭绕。

"几点了？"我问道。

"十二点半。但你不能就这样抛弃我，孩子，我亲爱的伙伴。我的心情很沉重，非常沉重。"

热泪从他的眼睛里滚落下来。他的大衣下摆在身后的长沙发上展开，就像苹果绿的甲虫大翅膀。

"你不觉得阿吉达很漂亮吗？"他一边哭，一边说道，"你知道吗？她让我想起了特鲁埃尔伯爵夫人，尽管她的肤色可能略深一些，她是美丽的特鲁埃尔伯爵夫人，有一天，她在比亚里茨的罗彻拉维热河边裸泳，俾斯麦正在桥上。你不记得了？梅里德斯·德·特鲁埃尔？"

我耸了耸肩。

"当然，我忘了，你当时太小了，才两三岁，还是个孩子。是的，还是个孩子。噢，我的孩子，经历过这样的时代，却沦落到跟野蛮人玩开银行游戏……我必须告诉你这件事……"

我站起身来，把他推到一边。

"别走！请留下来！"他恳求道，"我会给你讲任何你喜欢的事情。我是怎么到这儿来的，还有那些我从来没有告诉过别人的事情。请留下来！我觉得有必要向真正的朋友敞开心扉。我说，我全都告诉你，因为我信得过你。你是法国人，先生，我知道你会守口如瓶。"

"我守口如瓶？对谁？"

"对……"

他的声音被卡住了，我想我察觉到了他那恐惧的颤抖。"对谁？"

"对……对她，安蒂妮亚。"他嘟囔道。

于是，我又坐了下来。

吉多米尔酋长的故事

　　卡西米尔伯爵陷入回忆，甚至带有一种庄严的悔恨。他镇定了一会儿，开始讲故事。很遗憾，如果不是身临其境，便很难完美地再现它的古老味道。

　　当安蒂妮亚花园里的新麝香葡萄再次成熟时，我就六十八岁了。我亲爱的孩子，自食其果是件悲哀的事。说生命永远会重新开始，这不是真实的，是自欺欺人。我在 1860 年就去过杜伊勒里宫了，现在沦落到这个地步，是多么痛苦啊！

　　战争爆发前不久的一个晚上（我记得维克托·诺瓦还活着），几个迷人的女人对我说——我在《高卢报》的社会专栏上不时看到她们儿子的名字——她们希望与真正的波希米亚世界并肩作战。我带她们去了大肖米埃的舞会，这是一个由年轻艺术家、半世俗主义者和学生组成的歌舞团。我们的注意力被一个身材矮小、皮肤黝黑的年轻人吸引住了。他穿着一件不合身的长礼服大衣，一条格子裤子没有背带。他以一种放肆的方式跳舞。这些女士纷纷询问他的名字，原来他叫利昂·甘贝塔。

想到那天晚上我只需要开一枪就能对付这个流氓律师，并确保我自己和接纳我的国家永远幸福，这是多么令人恼火啊！因为，我亲爱的朋友，即使不是出生在法国，我内心也是一个法国人。

1829 年我出生在华沙，父亲是波兰人，母亲是俄国人，更确切地说，是伏尔希尼亚人。正是从她那里，我获得了吉多米尔酋长的头衔。它是沙皇亚历山大二世应我尊贵的主人拿破仑三世的要求，在他访问巴黎之际授予我的。

由于政治原因，我必须提到不幸的波兰历史，我的父亲别洛斯基伯爵于 1880 年离开华沙，到伦敦生活。他们说，我母亲死后，他开始因悲伤过度而挥霍其巨额财产。普理查德事件发生的时候，他去世了。他每年留给我的钱不到一千英镑，还有几笔信用卡债务，后来我发现这些债务已经一文不值了。

回想起我的十九岁和二十岁，我一直没法不动情。在这段时间里，我把这笔小小的遗产全部用完了。伦敦确实是个令人愉快的城市。我在皮卡迪利大街上布置了一个非常舒适的单身汉宿舍。皮卡迪利大街！商店、宫殿、喧嚣和微风。车轮旋转，还有树木的低语。

猎狐、在海德公园驾驶马车、参加单身聚会，这些事占据了我所有的时间。然而并不，不是全部。还有打牌，一种孝顺的感觉促使我追随已故伯爵的脚步——我父亲的脚步。纸牌导致了我将要讲述的事，那些事令我余生不安。

我的朋友马姆斯伯里勋爵曾对我说过一百次："我必须带你去看看住在牛津街277号一位漂亮的女人——霍华德小姐。"一天晚上，我让他带我去。那是1848年2月22日。这所房子的女主人的确非常漂亮，周围的人也很迷人。除了马姆斯伯里之外，我还结识了几个朋友，有克莱布登勋爵、切斯特菲尔德勋爵、弗朗西斯·芒乔伊爵士——他是第二近卫团的少校，还有奥赛伯爵。我们打牌，随后开始谈论政治。话题转到法国的事情上，接着就当天上午巴黎因为禁止在第十二区举行宴会而发生的骚乱的后果进行了长时间的讨论，这一骚乱的消息刚刚通过电报传来。在此之前，我从未对公共事务感兴趣过。我到现在也不知道是什么使我在十九岁时怀着满腔的热情宣布：来自法国的消息首先意味着它是个共和国，然后才是个帝国。

同伴们听了我的俏皮话，谨慎地笑了笑，他们的神色也显示出，大家的焦点是一位客人——他在他们刚刚停下来的小桌子上，五个人玩布若特纸牌游戏。

那位客人也笑了，他站起身向我走来。我看见他身材中等偏下，穿着一件紧身长礼服，眼睛里有一种茫然的神情。

所有人都高兴地看着这一幕。"请问您是？"他用拿捏得当的声音问道。

"卡西米尔·别洛斯基伯爵。"我尖刻地回答道，向他表明，我们的年龄差不值得他问这个问题。

"好吧，我亲爱的伯爵，愿您的预言成真，我希望您不要忽视杜伊勒里宫。"穿蓝色长礼服的客人微笑着说道。他终于同意作自我介绍："路易·拿破仑·波拿巴王子。"

当初我没有积极参与政变，我并不感到抱歉。我的感觉是，外国人无权干涉一个国家的内政。王子欣赏我的谨慎，并没有忘记我这个年轻人，因为后来证明我讲的话是一个幸福的预兆。

我是他第一个邀请到爱丽舍宫的人。我的财富完全是由小拿破仑的命令而积累起来的。第二年，经西伯尔议长同意，我成为议员，皇帝还慷慨地让蒙多维公爵雷佩托元帅的女儿嫁给我。

我可以毫不犹豫地说，我们的结合并不是它本来该有的样子。伯爵夫人比我大十岁，令人讨厌，也不是特别好看。此外，她的家人坚持按照通常的方式来结婚，得有彩礼。结完婚，我所剩无几了，只剩下作为议员的两万五千英镑。对于奥赛伯爵和格拉蒙特·卡德鲁斯公爵的朋友来说，议员是一个很糟糕的职位。如果没有陛下的仁慈，我不知道我该做些什么。

1862年春天的一个早晨，我正在书房里看邮件。陛下寄来了一封信，要我四点钟到杜伊勒里宫去。而克莱门蒂娜的一封信，告诉我，她五点钟在家里等我。克莱门蒂娜就是那个让我出丑的美女。因为她我感到更加得意，因为那天晚上，在多蕾家，我从梅特涅王子的鼻子底下把她抢走了，他对她非常着迷。整个宫廷都羡慕我这次的胜利；在道义上我有义务承担她的花销。克莱门蒂娜是那么漂亮！皇帝本人……还有其他的信件——天哪！另外两封信都是这孩子去的店家寄来的账单，因为她不顾我的谨慎劝阻，坚持要寄到我的婚后地址这来。

总共四万多法郎。在黎塞留街23号的加热兰－奥利戈兹买过长袍和歌剧斗篷；在昂坦街14号的亚历山德琳夫人那里买过帽子和头饰；在克利里街100号的波琳夫人那里买过无数衬裙和内衣；在里昂城昂坦夏尼街6号的约瑟芬那里买过珠宝和手套；在尹德思广场买过塔夫绸；买过爱尔兰公司的手帕；买过弗格森大厦的蕾丝；买过坎迪斯的安特菲利克雪花膏。最后一项尤其令我吃惊，账单上显示有五十一瓶。六百三十法郎五十分买安特菲利克雪花膏！足够软化一个中队守卫的皮肤了。

"我们不能再这样下去了。"说着,我把账单放进口袋里。

四点差十分的时候,我从旋转门的门口冲了进去。

在副官的接待室里,我碰到了巴齐奥奇。

"陛下病了,"他说,"他把自己关在房间里。他已经吩咐过我,你一到就带你进去。走吧。"

陛下穿着青蛙束腰外衣和哥萨克裤子,站在窗前沉思。淡绿色的杜伊勒里宫在一场温和的暖雨中熠熠生辉。

"哦,你来了!"拿破仑说道,"好,抽根烟吧。昨晚你和格拉蒙特·卡德鲁斯在芙蓉城堡似乎挺热闹。"

闻听此言,我得意地笑了。

"没错,原来陛下您已经听说了。"

"我听说过,模模糊糊地听说过。"

"陛下听到格拉蒙特·卡德鲁斯的最新消息了吗?"

"没有,讲给我听听。"

"好的。我们有五六个人——我自己、维尔·卡斯特尔、格拉蒙特、佩西尼……"

"佩西尼?"皇帝说道,"自从巴黎传出了他妻子的风流韵事之后,他就不应该和格拉蒙特在公共场合来往了。"

"正是，陛下。佩西尼当然很沮丧。他开始跟我们讲公爵夫人的行为给他带来的痛苦。"

"这个菲林有点不够圆滑。"皇帝喃喃道。

"没错，陛下。那么，陛下知道格拉蒙特对他说了什么吗？"

"说了什么？"

"他说：'大人，我禁止你在我面前说我夫人的坏话。'"

"格拉蒙特太过分了。"拿破仑带着梦幻般的微笑说道。

"陛下，我们都是这么想的，包括维尔·卡斯特尔，他却被逗乐了。"

"顺便说一句，"皇帝沉默了一会儿说，"我忘记问候别洛斯基伯爵夫人了。"

"她很好，陛下。感谢陛下。"

"克莱门蒂娜呢？还好吗？"

"好着呢，陛下。但是……"

"巴罗什先生似乎深深地爱上了她。"

"我深感荣幸，陛下。但这份荣誉开始变得非常沉重。"

我从口袋里掏出早上的账单，拿给皇帝看。

他看着我，脸上带着淡淡的微笑。

"啧，啧！就这些吗？我会处理的，尤其是我还想请你帮个忙呢。"

"我随时为陛下效劳。"

他摇了摇铃。

"叫莫夸德先生来。"

"我不舒服,"他补充道,"莫夸德会解释我想要什么。"

皇帝的私人秘书走了进来。

"莫夸德,这是别洛斯基,"拿破仑说道,"你知道我想让他做什么。告诉他。"

他开始用手指在窗玻璃上敲来敲去,这时雨水正猛烈地打在窗玻璃上。

"我亲爱的伯爵,"莫夸德坐了下来,说道,"这很简单。您一定听说过一位聪明的年轻探险家,亨利·杜韦里耶先生。"

我摇了摇头,对这个开头感到非常惊讶。

"杜韦里耶先生,"莫夸德接着说道,"在阿尔及利亚南部和撒哈拉沙漠进行了一次特别大胆的探险之后,已经回到巴黎了。几天前我见过的费雯丽·德·圣马丁先生向我保证,地理学会打算授予他金质奖章。在他的远征中,杜韦里耶先生与迄今为止一直抵抗陛下军队的部落——图阿雷格人——首领取得了联系。"

我望着皇帝。我太惊讶了,他却笑了起来。

"听着。"他说道。

"杜韦里耶先生,"莫夸德接着说道,"成功地安排了由这些首领组成的代表团来巴黎，向国王陛下表示敬意。这次访问可能会产生非常重要的结果，部长阁下希望他们在一项商业条约上签字，这项条约将给我国人民带来特别的好处。这些首领共有五人，其中包括谢赫奥斯曼、阿蒙诺卡尔或阿兹格尔联邦的苏丹，他们将于明早到达里昂车站。杜韦里耶先生会去接他们。但是除此之外，陛下还想……"

"我想，"拿破仑三世对我的困惑感到高兴，说道，"我的一位议员先生应该到车站去迎接这些穆斯林的重要人物，这样才对。这就是我叫你来的原因，可怜的别洛斯基。别害怕，"他补充道，笑得更大声了，"杜韦里耶先生会帮助你的。你只负责接待礼仪的部分。明天我要在杜伊勒里宫为这些伊玛目举行午宴，你要陪着他们。到了晚上，考虑到他们在宗教方面的顾虑，这是非常敏感的，你要适当地安排一下，让他们好好地了解一下巴黎的生活，但不必走得太远。别忘了，在撒哈拉沙漠，他们是宗教方面的显赫人物。在这方面，我相信你的机智，全权委托你……莫夸德！"

"陛下？"

"你要按照别洛斯基伯爵的要求，安排接待塔基代表团所需的经费。一半由外交部出，一半由殖民地办事处出。我想，首先，十万法郎……如果伯爵觉得这还不够，他只要通知你就行了。"

克莱门蒂娜住在一套摩尔式的小公寓里，那是我在波卡多街从雷塞普先生那里买给她的。我发现她躺在床上，一看见我就大哭起来。

"我们真傻！"她抽泣着说道，"我们做了什么！"

"好了，克莱门蒂娜。"

"我们做了什么，我们做了什么！"她重复了一遍又一遍。她浓密的黑发紧紧地贴在我身上，她温暖的肉体散发出一股淡淡的香水味。

"怎么了？出了什么事？"

"是这样……"她在我耳边低声说。

"不！"我吃惊地说道，"你确定吗？"

"当然！我当然确定。"

我完全蒙了。

"你看起来不高兴。"她痛苦地说道。

"我没那个意思，克莱门蒂娜，但毕竟……噢，我向你保证，我很高兴。"

"那就证明给我看，让我们明天在一起吧。"

"明天！"我脱口而出，"不可能！"

"为什么？"她怀疑地问。

"因为明天我要引导塔基人绕巴黎一圈……这是陛下的命令。"

"这叫什么事？"克莱门蒂娜说道，"我得承认，没有什么比真话更像谎言。"

我尽我所能把莫夸德的故事讲给克莱门蒂娜听。

她听着，脸上的表情是：你骗不了我的！

最后，我怒不可遏地大喊道："你只要来看看就行了。明天我要和他们一起吃饭，你也可以来。"

"我当然会来。"克莱门蒂娜傲慢地说。

我承认，在这一刻我失去了理智。不过，不管怎么说，我这一天过得多糟啊！一大早就有四万法郎的账单。然后接到命令，第二天带领一队野蛮人在巴黎绕行。现在，我迎来了压倒骆驼的最后一根稻草，宣布我即将成为父亲……

毕竟，回家时，我想，这是皇帝的命令。他让我带这些图阿雷格人领略一下巴黎的生活。克莱门蒂娜懂规矩，现在不要惹她生气。我明天晚上在巴黎咖啡馆订一个包间，叫格拉蒙特·卡德鲁斯和维尔·卡斯特尔把他们的情妇带来。看看沙漠的孩子们在这个小聚会上是如何相处的，这将非常有趣。

从马赛来的火车十点二十分到达。在站台上，我发现杜韦里耶先生是个讨人喜欢的年轻人，二十三岁，蓝眼睛，留着一撮漂亮的山羊胡。图阿雷格人一下车就扑到他怀里，他和这些人在帐篷里待过两年。他把我介绍给奥斯曼酋长和另外四个人，他们穿着蓝色棉袍，戴着红色皮革护身符，一看就是衣着华丽的大人物。幸运的是，他们都用一种萨尔比语说话，这使事情变得容易些。

在杜伊勒里宫吃午饭，晚上去博物馆，去市政厅，去帝国总理府，我就不必多说了。每次图阿雷格人都把他们的名字写在游客登记簿上。这一步像是没完没了。为了让你明白，谢赫奥斯曼的全名是这样的：奥斯曼·本·阿卜杜勒·哈吉·贝克里·本·阿卜杜勒·法克基·本·穆罕默德·博贾·阿卜杜勒·希·艾哈迈德·苏基·本·穆罕默德。

有五个这样的人！不过，我的情绪一直很好，因为在林荫大道上，我们取得了巨大的成功。六点半，在巴黎咖啡馆，他变得神志不清。代表团成员们有些陶醉，拥抱了我、波诺·拿破仑、波诺·尤金妮亚、波诺·卡西米尔、波诺·卢米斯、格拉蒙特·卡德鲁斯和维尔·卡斯特尔已经排在第八位了，还有安娜·格里马尔迪和霍顿斯·施奈德，她们都美得惊人。但当我心爱的克莱门蒂娜进来时，立刻得到了我的掌声。

你一定想知道她是怎么穿的：外罩一件白色薄纱长袍，里面是一条青花瓷色的塔勒丹薄纱连衣裙。

薄纱裙两边都绣着绿叶和攀爬玫瑰编成的花环。就这样，它形成了一个花边，在前面和两边衬托着塔勒丹裙。花环到腰间，两枝花之间是粉红色缎子做的大蝴蝶结。薄纱连衣裙是花边宽领的，蕾丝胸花上盖着薄纱。她的黑发上戴着一个同样的花环，两缕长长的树叶缠绕在头发上，垂落到脖子。她还披着一件夜礼服斗篷，类似于蓝羊绒的兜帽上绣着金线，白缎衬里。

克莱门蒂娜光彩照人，这样的美貌立刻让图阿雷格人兴奋不已，尤其是她右边的埃尔·哈吉·本·盖玛玛——他是谢赫·奥斯曼和霍格尔的阿蒙诺卡尔的兄弟。匈牙利产的托考伊白葡萄酒已下肚，他们已经被她迷住了。当马提尼克酒果盘端上来时，他们表现出无限的热情。这首《指挥官之歌》毫无疑问地表达了他们的情感。霍顿斯在桌下踢我。格拉蒙特试图对安娜做同样的事，却犯了一个错误，引起了一个图阿雷格人的愤怒抗议。我可以向你保证，当动身前往马比勒时，我们很清楚我们的客人是如何遵守先知关于禁酒的诚命的。

在马比勒，克莱门蒂娜、霍顿斯、安娜·卢多维奇和三个图阿雷格人在疯狂地奔跑，奥斯曼酋长把我拉到一边，带着明显的情绪向我吐露了他哥哥艾哈迈德酋长刚刚委托他的一项任务。

第二天一大早，我就到了克莱门蒂娜的居所。

"我亲爱的姑娘，"我好不容易才把她叫醒，"听我说，我想跟你认真谈谈。"她烦躁地揉了揉眼睛。"你觉得这个年轻的阿拉伯贵族怎么样？昨晚他把你抱得那么紧。"

"哦……不错。"她红着脸说道。

"你可知道，在他的国家里，他是一个执政的王子，统治着比我们尊贵的皇帝拿破仑三世的领土大五六倍的领土？"

"他对我嘟囔了一些类似的话。"她感兴趣地说。

"那么，你愿意坐上我们尊贵的尤金妮亚皇后那样的王位吗？"

克莱门蒂娜惊讶地盯着我。

"我以他的名义，通过奥斯曼酋长来传递这个消息。"

克莱门蒂娜没有回答。她既茫然又惊讶。

"如此说来，我要成皇后了！"她最后说。

"你只要决定就行，他要你中午前给他答复。如果你答应了，我们就一起到瓦辛饭店吃午饭，把这事商量好。"

我看出克莱门蒂娜已经下定决心，但她认为自己应该先放纵一下。

"那么你……你！"她呻吟道，"永远这样抛弃你！"

"我亲爱的宝贝，别胡闹了，"我温和地说道，"也许你不知道我是谁。哦，是的，当然。我甚至不知道我该怎么为你的雪花膏付钱。"

"啊！"她说。

但她接着说道："还有……孩子怎么办？"

"谁的孩子？"

"我们的……孩子。"

"哦，竟然是真的。呃……但是你可以不必介意。我敢肯定艾哈迈

181

德酋长甚至会认为这个孩子很像他。"

"你什么都开玩笑。"她半笑半哭地说。

第二天同一时间，马赛的快车带走了五个图阿雷格人和克莱门蒂娜，她靠在谢赫·艾哈迈德的手臂上，高兴得发狂。

"我们的首都有很多商店吗？"她含情脉脉地问未婚夫。

他在面纱下咧嘴笑着说道："拜拜，拜拜，波诺、鲁米斯、波诺。"

火车出发的时候，克莱门蒂娜的情感也随之迸发了。

"卡西米尔，听着，你一直对我很好。我要当王后了，如果你在这里遇到什么麻烦，尽管说。答应我，向我发誓。"

酋长明白了。他从自己的手指上取下戒指，戴在我的手上。

"卡西米尔西迪。我的朋友，"他强调道，"到我们这儿来吧。来时，把艾哈迈德西迪的戒指拿来。"

"在霍格尔，大家都是朋友。波诺、霍格尔、波诺。"

当我离开里昂车站时，我有一种成功的感觉，因为我讲了一个精彩的笑话。

这位吉多米尔的酋长完全醉了。我很难理解他故事的结尾，尤其是他总是把雅克·奥芬巴赫最好的曲目中的台词混在一起。

"一个年轻人从树林里走过，

一个光鲜英俊的年轻人，

他手里拿着一个苹果，

你可以从这里看到画。"

在色当时代，谁受到了严重的冲击？卡西米尔，小卡西米尔！九月五日前付五千路易，不是最初的苏（旧时法国一种铜币），不，不是苏。我拿起帽子，鼓起勇气，向杜伊勒里宫走去。皇帝走了。是的，逃之夭夭了。但是皇后很仁慈。我发现她独自一人——哦，在这种情况下，树倒猢狲散——和一位参议员梅里美先生单独在一起，他是我所认识的唯一一位深谙世情的文学家。"夫人，"他说道，"您必须放弃一切希望。我刚才在皇家桥上碰到梯也尔先生，他很固执。"

"夫人，"轮到我说了，"陛下永远知道真正的朋友在哪里。"

我吻了吻她的手。

"女神用有趣的方式来迷惑、迷惑、迷惑，

让那些混蛋们兴奋起来！"

我回家去，里尔街。我在市政厅遇到了一群乌合之众，他们正向议会大厦走去。我已经下定决心了。

"夫人，"我对妻子说，"把手枪给我。"

"怎么了？"她害怕地问道。

"全完了，剩下的是保住荣誉。我要战死在街垒里。"

"哦，卡西米尔，"她抽泣着，扑到我怀里，"我看错你了。原谅我！"

"我原谅你，奥勒利，"我带着庄严的感情说道，"我也不是完全正确的。"

我强忍着悲伤离开了。这时是六点钟。在巴克街，我招呼了一辆路过的出租马车。

"我会给你二十法郎小费，"我对马车夫说道，"去里昂车站，只要你能让我赶上六点三十七分开往马赛的火车。"

吉多米尔的酋长说不下去了。他滚到垫子上，握紧拳头睡着了。

我摇摇晃晃地走到大窗户前。

太阳，淡黄色的太阳，躲在湛蓝的群山后，正冉冉升起。

数小时的等待

　　德·圣·阿维特喜欢在夜里向我详细讲述他那惊人的故事。他严格按照时间顺序把故事分成几段，我知道这出戏的结局是悲惨的，但他对每一集都不提前剧透。这并不是说他希望通过这种方式获得更好的效果，我觉得他根本不懂那种伎俩！只是因为回忆起那些往事，他会感到异常兴奋。

　　一天晚上，护送法国邮件的车队到了。查特莱恩带来的信件放在小桌子上，没有打开。无边无际的黑色沙漠中，借着一抹苍白的灯光，可以辨认出地址。德·圣·阿维特脸上露出了胜利的微笑，我推开这些信，上气不接下气地对他说："请继续。"

185

他没说什么就继续了。

从吉多米尔酋长给我讲他的故事起，到我再次见到安蒂妮亚，我无法向你表达我当时的狂热。

最奇怪的是，我认为自己在某种程度上被判了死刑，但这与发烧毫无关系。相反，这主要是因为我急于接受安蒂妮亚的召唤。这很可能是个信号，昭示着我的厄运，但它并不急着到来。这种耽搁正是我病态恼怒的原因。

在此期间我是否有过清醒的时刻？我想应该没有。我永远都不记得我对自己说过："嗯，你难道不为自己感到羞耻吗？被困在这种反常的情况下，你不仅不试图逃跑，反而赞成被囚禁，渴望走向毁灭。"我甚至没有掩饰我想留在那里，想进一步享受冒险所带来的精神愉悦，借口是我不愿意在没有莫朗奇的情况下逃跑。有时我因为再也见不到他而痛苦不安，那是出于完全不同的原因，而不是希望看到他安然无恙。

而且，我知道他很安全。为安蒂妮亚提供私人服务的白衣图阿雷格人不太善于交流，这是真的。就连女人们也不怎么健谈。我确实从西迪亚和阿吉达那里听说，我的朋友喜欢吃石榴，或者他受不了香蕉。但当我试图得到任何其他类型的信息时，他们就惊恐地沿着长长的走廊跑开了。而坦尼特·泽尔加则有所不同。这个小女仆似乎有一种天生的反感，不愿意告诉我有关安蒂妮亚的任何微小细节。不过我知道，她对她的女主人像条狗一样忠心耿耿。但只要我一提起她的名字，甚至莫朗奇的名字，她就又固执地沉默了。

至于欧洲人，我几乎不愿意质问这些阴险的傀儡。此外，从这个角度来看，这三种方法都毫无用处。吉多米尔的酋长喝得越来越多。他离开的原因是什么？在给我讲他年轻时故事的那个晚上，他似乎已经筋疲力尽了。我不时地在走廊里碰到他，因为走廊突然变得狭窄了，他正用粗哑的嗓音哼着《荷顿斯皇后》的诗句：

"伊莎贝尔我姑娘，

现在就要做新郎。

美丽端庄最大方，

期待勇敢好儿郎。"

"这首诗真应景，这里正好有位姑娘夜夜可以当新郎，如果她愿意！"我心想道。

至于斯巴达克牧师，我真想一拳打在他头上。还有一个拿着装饰品、丑陋的矮小男子，他性情温和。见到他时，我发现很难不当着他的面大喊一声："喂，教授先生，这是一个非常奇怪的天书案例：希腊语书写的安蒂妮亚这个名字，抑制了 α、τ 和 λ 这几个字母！"我给你们举个奇怪的例子:希腊语书写的克莱门蒂娜这个名字中，κ、λ、 ε 和 μ 的字母音都消失了。如果莫朗奇在这里，他会告诉你一些关于这个问题相当深奥的东西。但是，唉！莫朗奇现在不愿意跟我们来往了。莫朗奇已经不在了。

我对信息的渴求在老黑人美甲师罗西塔那里得到了更大的满足。在那些不确定的日子里，我的指甲从来没有被擦得这么勤。现在，六年过去了，她可能已经死了。我敢说她并不那么喜欢饮酒，但这个可怜的女人无法抗拒我给她带来的那些酒。出于礼貌，我总是跟她一起把酒喝光。

与其他通过拉哈特奴隶贩子从南方来到土耳其的奴隶不同，她出生在君士坦丁堡，由她的主人带到非洲……但是，别指望我把这个故事复杂化，已经有很多题外话，还是听听这位美甲师怎么讲吧……

"安蒂妮亚，"她给我讲道，"是埃尔·哈吉·艾哈迈德·本·盖马纳的女儿，霍格尔的阿蒙诺卡尔，克尔·瑞拉斯大贵族部落的酋长。她出生于伊斯兰纪元的 1281 年。她永远不会结婚。她的意愿受到尊重，因为在她统治的霍格尔，这个女人的意愿就是法律。她是西迪·埃尔·塞努西的远亲，只要她一声令下，基督徒的血就会从杰里德流到图阿特，从乍得流到塞内加尔。如果她愿意，她可以在基督徒的土地上过上优雅的生活，并受人尊重。但她宁愿让他们来找她。"

"切海尔·本·谢赫，"我说道，"你认识他吗？他爱上她了吗？"

"这里没有人多么了解切海尔·本·谢赫，因为他总是在旅行。没错，他对安蒂妮亚非常忠诚。切海尔·本·谢赫是赛努西人，安蒂妮亚是赛努西酋长的表亲。而且，他欠她一条命。他是刺杀伟大的凯比尔·弗拉泰斯的人之一。为此，阿兹格尔的图阿雷格族的族长担心法国人的报复，想交出切海尔·本·谢赫。当整个撒哈拉沙漠都拒绝接纳他时，他在安蒂妮亚那里找到了避难所。切海尔·本·谢赫永远不会忘记，因为他是一个正直的人，执行先知的律法。出于感激，他把三名驻扎在突尼斯的第一占领军团的法国军官带到了安蒂妮亚面前，当时她二十岁，还是个处女。他们是红色大理石大厅中编号分别为一、二、三的那几位。"

"切海尔·本·谢赫总能成功地完成任务吗？"

"切海尔·本·谢赫受过良好的训练，他对撒哈拉大沙漠了如指掌，就像我对山顶上那个小房间一样熟悉。起初他犯了错误，在他的第一次旅行中，他就用这种方法带回了老勒·梅斯基和斯巴达克牧师。"

"安蒂妮亚看到他们时说了什么？"

"安蒂妮亚？她捧腹大笑，把他们放了。切海尔·本·谢赫看到她笑得那么开心，很生气。从那以后，他再也没有犯过错误。"

"他再也没有犯过错误？"

"是的，再也没有。我为所有来过这里的人修了手和脚。他们都年轻英俊。不过我得说，你的那位朋友，就是那天带到我这儿来的那位，也许是他们当中最英俊的一个。"

"哎呀，"我话锋一转，问道，"既然她赦免了牧师和勒·梅斯基先生，为什么还不释放他们呢？"

"看来她为他们找到了工作，"老妇人说道，"再说，到这儿来的人永远也不会再离开了。否则，法国人很快就会来到这里，当他们看到红色大理石大厅时，他们会屠杀所有人。此外，切海尔·本·谢赫带到这里来的人，没人见过安蒂妮亚后还想逃跑的，只有一个例外。"

"她会养他们很长时间吗？"

"那要看他们如何取悦她了，平均两三个月吧，这要视情况而定。一个身材魁梧的比利时军官，像巨人一样，只活了一个星期。值得一提的是，这里的每个人都记得那个矮小的英国军官道格拉斯·凯恩。她养了他将近一年。"

"那后来呢？"

"后来，他死了。"老妇人说道，好像我的问题让她非常惊讶。

"他怎么死的？"

她和勒·梅斯格先生说了同样的话。"他和其他人一样，为爱而死，为爱而死。"她接着说道，"他们都为爱而死，当他们看到自己的时间结束，切海尔·本·谢赫开始寻找其他人。有些人默默地死去，眼里含着泪水。他们不吃不睡。一名法国海军军官发疯了，夜里，他悲伤地唱了一首祖国的歌，这首歌在整座山上回荡。另一个是西班牙人，他像疯狗一样咬人。必须把他杀了，必须把他杀了。许多人死于大麻，一种比鸦片还要厉害的大麻。当他们被人从安蒂妮亚身边带走，他们就不断地吸烟、吸烟，大多数人就这样死去了……最快乐的小凯恩却是以另一种方式死去。"

"小凯恩是怎么死的？"

"或多或少，我们都很苦恼。我告诉过你，他在我们这里待的时间最长。我们已经习惯了他。在安蒂妮亚的房间里，在一张漆成蓝色和金色的小凯鲁万桌子上，有一面锣和一把长长的银锤子，乌木柄，很重。是阿吉达告诉我的。当安蒂妮亚不停地微笑着，打发小凯恩走的时候，他站在她面前，一言不发，面色惨白。她敲锣要人把他带走。一个白衣塔基人走了进来，但是小凯恩已经跳起来拿到了锤子，塔基人躺在地板上，头骨碎了。安蒂妮亚继续微笑着。小凯恩被带到他自己的房间。当天晚上，他躲过警卫，从二百英尺高的窗户跳了出去。尸体防腐师告诉我，他们在处理他的尸体时遇到了很大的困难，但他们做得很好。你只要去看看就行了，他在红色大理石大厅的第二十六号壁龛里。"

老妇人把她的感情都淹没在酒杯里了。

"两天之前，"她接着说道，"我到这里来给他做指甲，因为这是他的房间。在靠近窗户的墙上，他用小刀在石头上画了些什么。看，那些字还在那儿。"

"命运不正是在这个七月的午夜……"

"在其他任何时候，这首刻在那个矮小的英国军官跳窗的石头上的诗，一定会使我感慨万千，但事实上，我心里有另一个想法。"

"告诉我，"我尽量平静地说道，"当安蒂妮亚用她的力量控制我们中的一个人时，她把他关在附近，不是吗？他没有再出现过吗？"

老妇人摇了摇头。

"她并不担心他会逃跑，这座山戒备森严，安蒂妮亚只须敲一敲她的银锣，他马上就会被扭送回她身边。"

"可是我的同伴！……自从她召唤他之后，我就再没见过他……"

这位女黑人会心一笑。

"你看不到他的原因是因为他更喜欢和她在一起。安蒂妮亚没有强迫他，她也不会阻止他。"

我用拳头猛击桌子。

"滚出去，你这老傻瓜，有多快就滚多快！"

罗西塔见状害怕地跑开了，甚至没来得及收拾她用来为我美甲的小器具。

"命运不正是在这个七月的午夜……"

我遵从了那个女黑人的建议。沿着走廊走，迷了路，又在斯巴达克牧师的指引下出发。我推开红色大理石大厅的门，走了进去。

我喜欢这个地窖里散发的香水的新鲜气息。没有一个地方会如此险恶，流水的潺潺声也不能把它净化。大厅中央潺潺的瀑布声宽慰了我。曾经，在一次行动前，我和我的一排兵躺在长长的草丛里，等待哨声，等待一有信号就站起来面对枪林弹雨。我脚边有一条清凉的小溪，我听着它那汩汩声，看着光影在透明的水中嬉戏，小昆虫、小黑鱼、绿草、黄色的皱巴巴的沙子……神秘的水一直影响着我。

在这里，在这个悲剧性的大厅里，我的思想在朦胧的瀑布中两极分化。我觉得它是我的朋友，它使我在目睹如此巨大的牺牲时不至于昏倒。

二十六号，的确是他。道格拉斯·凯恩中尉。1862年9月21日生于爱丁堡。1890年7月16日死于霍格尔。

二十八岁，他甚至还不到二十八岁！那橘红色的外衣下，是一张瘦弱的脸，还有那悲伤而充满激情的嘴。的确是他，可怜的男孩。爱丁堡——我知道爱丁堡，虽然我从未去过那里，从城堡的墙上可以看到彭特兰山。

"你的眼睛往下看一点，"史蒂文森饰演的温柔的弗洛拉小姐在圣艾夫斯对安妮说，"眼睛往低处看，你会看到山丘的褶皱，一些树的顶部，还有一缕烟从树中间冒出来。那是斯旺斯顿村舍，我和我哥哥，还有我姑妈就住在那里——如果你愿意看一眼，我会很高兴。"

当道格拉斯·凯恩前往达尔富尔时，他一定在爱丁堡留下了与圣艾夫斯一样美丽的花丛。但是除了安蒂妮亚之外，这些姑娘算什么！凯恩，尽管是一个理智的凡人，尽管是为这种爱而生的，却爱过另一个人。他死了。这是二十七号，因为他，凯恩撞到了撒哈拉沙漠的岩石上死了，他死了。

"为爱而死。"这些话在红色的大理石大厅里响起是多么自然啊！

在这一圈黯淡的雕像中，安蒂妮亚的伟大显得多么突出啊！那么，爱需要如此多的死亡才能成倍地增长吗？世界上其他女人无疑都像安蒂妮亚一样漂亮，也许更漂亮。我要你作证，我对她的美貌只字不提。那么，为什么会有这种渴望，这种狂热，这种对整个生命的毁灭呢？为什么，为了把这个难以捉摸的幻影抱在怀里片刻，会去做一些自己几乎不敢想象的事情呢？

这是五十三号，最后一位。五十四号将是莫朗奇，五十五号将是我自己。六个月后，在其他条件相同的情况下，这个壁龛里将立起一尊没有眼睛的雕像，我的灵魂已死，我的身体已被金属化。我达到了幸福的顶点，灵魂得以升华。我刚才是多么幼稚啊！竟然对一位黑人美甲师大发脾气。我以自己的灵魂发誓，我嫉妒莫朗奇！

为什么不在我做这件事的时候，先嫉妒这些人？现在的人，然后是其他的人，缺席的人，他们将一个接一个地来填补这些仍然空着的壁龛的黑色圆圈……莫朗奇，我知道，此刻正和安蒂妮亚在一起。一想到他，我心里就充满了苦涩而又美妙的喜悦。但三个月后的一个晚上，也许是四个月后，防腐人员会来到这个地方。五十四号壁龛将接收新的猎物。然后一个白衣塔基人会来找我。我将因一种奇妙的狂喜而颤抖。他会摸我的胳膊。现在轮到我穿越血染的爱之门进入永恒了。

当我从沉思中回过神来的时候，我发现自己又回到了书房。夜幕降临，人们聚集在那里，人影模糊。我认出了勒·梅斯基先生、牧师、阿吉达、两个白衣图阿雷格人，还有其他人，他们都聚在一起热烈地讨论着。看到这么多通常没有什么共同点的人聚在一起，我感到既惊讶又不安，便走近一些。

一件闻所未闻的事情使山里所有人都骚动了起来。

刚刚收到情报，两名来自里约德奥罗的西班牙探险家出现在了西方，到了阿德拉阿尼特。

切海尔·本·谢赫接到通知后，准备马上出去引领他们。

然后他接到了什么也不要做的命令。

现在已经没有半点值得怀疑了。

这是头一回，安蒂妮亚坠入了爱河。

坦尼特·泽尔加的悲伤往事

"嗷呜，嗷呜！"

我终于从半睡半醒中迷迷糊糊地惊醒过来。我半睁着眼睛，赶紧挺直腰板。

"嗷呜！"

离我的脸两英尺远的地方是海勒姆·罗伊那黄色中带着黑色斑点的嘴。

豹子正帮我醒来，除此之外，它别无他想，因为它在打呵欠；它那暗红色的下颚，闪闪发光的漂亮白牙，懒洋洋地张开又合上。

就在这时，我听到一阵笑声，是小坦尼特·泽尔加。她蹲在我躺着的长沙发旁边的一个垫子上，热切地看着我面对猎豹。

"海勒姆·罗伊很无聊，"她认为可以这样解释，"我把它带来了。"

"哦，是吗？"我嘟囔道，"可是我说，它就不能到别的地方去无聊吗？"

"它这会太孤单了，"小女仆说道，"它被赶出来了，因为它太吵了。"

这些话使我想起了昨天发生的事情。

"要是你想，我就把它弄走。"坦尼特·泽尔加说道。

"不，不用在意它。"

我同情地看着那只猎豹。我们真是同病相怜。

我抚摸着它那圆圆的前额。海勒姆·罗伊伸直全身，露出琥珀色的大爪子，以示满意。

"还有盖尔。"女孩说道。

"盖尔！盖尔是谁？"

与此同时，我注意到在坦尼特·泽尔加的膝盖上有一只古怪的动物，有猫那么大，长着扁平的耳朵、长长的鼻子，淡灰色的皮毛皱了起来。

它滑稽的粉红色小眼睛盯着我。

"这是我的猫鼬。"坦尼特·泽尔加解释道。

我烦躁地说："还有吗？"

我看起来一定很生气、很可笑，因为坦尼特·泽尔加突然笑了起来。

我也笑了。

"盖尔是我的朋友，"她说道，这时她又严肃了起来，"我救了它的命，那时它还很小，改天再告诉你吧。看它多友好。"

"谢谢你来看我，坦尼特·泽尔加。"我抚摸着小动物的后背，慢条斯理地说道，"几点了？"

"刚过九点。看，太阳已经升得很高了，我把百叶窗拉下来。"

房间一下子暗了下来。盖尔的眼睛变红了，海勒姆·罗伊的眼睛变绿了。

"太好了。"我顺着思路重复道，"我看你今天有空。你从来没有来得这么早过。"

一丝阴影掠过女孩的脸。

"是的，我当然是自由的。"她的声音几乎有点刺耳。

然后我更仔细地看了看坦尼特·泽尔加。我第一次注意到她这么漂亮。她的头发披散在肩上，像是波浪而不是卷发。她的五官非常清纯：鼻梁挺拔，嘴唇精致小巧，下巴圆润。她的肤色是古铜色，而不是黑色。她那纤弱柔韧的身体，和那些娇生惯养、浑身赘肉的黑人毫无共同之处。

她的前额和头发上缠着一条宽大的铜带。她的手腕和脚踝上戴着四个更宽的镯子，身上穿着一件绣金的绿丝束腰外衣，集绿色、古铜色、金黄色三色于一体。

"你是桑海人，坦尼特·泽尔加？"我轻声问道。

她带着一种极度骄傲的姿态回答道："我是桑海人。"

"奇怪的小家伙。"我若有所思地说道。

显然，有一点是坦尼特·泽尔加不想让谈话偏离的。我回想起她告诉我他们已经赶走了海勒姆·罗伊时，几乎是痛苦地说出"他们"这个词。

"我是桑海人，"她重复道，"我出生在尼日尔河畔的加奥，那里是桑海古都，我的祖先统治着伟大的曼丁戈帝国。虽然我在这里是个奴隶，但我不能被轻视。"

在一缕阳光下，盖尔蹲坐在自己的后腿上，用前爪擦它光滑的小胡子。海勒姆·罗伊躺在垫子上睡着了，不时发出一声悲伤的哀鸣。

"它在做梦。"坦尼特·泽尔加把一只手指放在嘴唇上说道。

"只有美洲豹才会做梦。"我说道。

"猎豹也会做梦。"她严肃地回答道。

一阵沉默。然后，她说道："你一定饿了，而且我认为你不会想和其他人一起吃饭。"我没有回答。

"人总得吃饭，"她继续说道，"如果你允许，我就去给咱俩拿点吃的来。我把海勒姆·罗伊和盖尔的晚餐也带来。当人悲伤的时候，独处是无益的。"

这位披金挂绿的小仙子没等我回答就出去了。这就是我和坦尼特·泽尔加的关系变得更加亲密的原因。她每天早上都会带着两只动物到我的房间来。她很少和我直接谈起安蒂妮亚,总是间接地谈起。觉察到此问题不停地在我嘴边徘徊,她似乎无法忍受,我觉得她在回避所有我想谈的,我则不敢引导话题。

为了更好地避开那些话题,她像一只小鹦鹉一样不停地说话。我生病了,由这位身穿绿色和古铜色丝绸的慈善修女照顾,这是前所未有的。那两只一大一小的野兽就在旁边,在我的沙发两边各站一只。我神志不清的时候,看见它们那忧伤神秘的眼睛正盯着我。坦尼特·泽尔加用她悦耳的声音给我讲美丽的故事,其中她认为最美丽的是她的人生经历。

直到后来,我才突然意识到这个小野蛮人已经深入我的生活。我亲爱的孩子,无论此刻你在哪里,无论你站的岸边是多么宁静,面对我生命中的悲剧,请多看看你的朋友吧;请原谅他起初没有给予你应有的重视。

关于童年岁月,她说道:"我记得在大河之上,一轮玫瑰色的太阳在晨雾中冉冉升起,河水滔滔宽又阔,这条大河就是尼日尔河。那是……但你根本不听。"

"我在听,我发誓,小坦尼特·泽尔加。"

"你确定不烦我吗？你想让我继续说下去吗？"

"说下去，坦尼特·泽尔加，说下去。"

"好的。我和我的小玩伴们，我对他们很好，我们常常在丰水期的河岸上，在枣树下玩耍，兄弟们在枣树下咕咕叫。枣树的刺穿过你们先知的头，我们把它叫作天堂之树。因为我们的先知告诉我们，天堂的子民将在这样的树下休息。有时它长得非常大，人骑着马要花一个多世纪的时间才能穿过它投下的阴影。在那里，我们用含羞草、刺山柑的粉红色花朵和白色的野樱草花编织了美丽的花环。然后我们把它们扔进绿色的水里用来驱魔；当一只喷着鼻息的河马把它臃肿的大鼻子伸出水面，我们笑疯了，拿它开涮，愉快地轰炸它，直到它再次潜入漩涡般的泡沫中。

"上午就是这个样子。午休时，灼热的猩红光线下，加奥躺在那里一片死寂。这一切结束后，我们回到河岸上，观看巨大的鳄鱼在成群的蚊子和苍蝇中慢慢地爬上河岸，阴险地把自己埋在中间沼泽的黄泥里，等待着猎物。

"我们也轰炸它们，就像我们早上对河马做的那样，为了赞美太阳在黑色树枝后面沉下去，我们跺着脚，拍着手，表演仪式舞蹈，唱桑海的赞美诗。

"当我们还是自由的孩子时，通常就是这个样子。但是，如果你认为我们只是轻浮，那你就错了。如果你愿意，我将告诉你我是怎么救了一个法国头领的命的，从他白袖子上金条纹的数量来看，他的军衔一定比你大。"

"跟我讲讲，小坦尼特·泽尔加。"我目光游离，说道。

"你不应该笑，"她有点生气，接着说道，"你应该多注意些。但这又有什么关系呢？我讲这些事是为了我自己，为了回忆。尼日尔河在加奥的上游拐了个弯。一块长满橡胶树的小岬角伸到小溪里。那是八月的一个傍晚，太阳快要落山了，周围的森林里，所有的鸟都归巢了，一动不动地栖息在那里，等待着第二天早晨的到来。突然，在西边，我们听到一种奇怪的声音，轰隆轰隆，声音越来越大，轰隆轰隆……忽然，有一群奇怪的水鸟飞来——白鹭、鹈鹕、鸭子和小鹦鹉——分散在橡胶树上方，随后是一股黑烟，被唤醒的微风向后吹去。

"一艘炮艇绕过岬角，在河的两边掀起一阵水波，把悬在河面上的矮树搅得手舞足蹈。船后，红白蓝三色的旗子拖在水里。暮色已近，这条船来到小木堤旁边。一艘由两人驾驶的小船被放了下去，当地的士兵划着桨，三位头领很快就跳上了岸。

"年纪最大的那一位，身穿带有头巾的白呢斗篷，是一位法国隐士，会说我们的话，而且很流利。他要求和谢赫·索尼·阿兹基亚说话。当我父亲走上前来，告诉他们，自己就是他们要找的人。这位隐士说廷巴克图地区的总司令非常生气，因为离他们一英里远的地方，那艘炮艇撞上了堤坝水下的桩子，船体受损，使他无法继续前往阿桑戈。

"我父亲回答，这里欢迎法国人，称他们是可怜的爱家部落对抗图阿雷格人的保护者；他说，修建堤坝并不是出于恶意，而是为了捕鱼，他把加奥所有的资源，包括一个熔炉，都交给了这位法国头领来修理炮艇。

"当他们谈话时，法国头领看着我，我也看着他。他是个中年人，身材高大，肩膀微微下垂，蓝色的眼睛像溪流一样清澈。

"'到这儿来，小姑娘。'他用温柔的声音说道。

"'我是谢赫·索尼·阿兹基亚的女儿，我愿意做什么就做什么。'我回答道，对他的不拘小节感到恼火。

"'你说得对，'他微笑着回答道，'你很漂亮，愿意把你别在胸前的花送给我吗？'

"那是一条紫色芙蓉花的大项链，我把它给了他。他吻了我一下。我想我们已经讲和了。

"与此同时，在我父亲的指示下，当地的士兵和强壮的男人把炮艇拖进了河岸的一个小河湾。

"'这将花费我们明天一整天的时间，先生。'轮机长检查了受损情况后说道，'我们要到后天才能离开。如果这样，这些懒惰的士兵就不

能在工作中磨洋工。'

"'真讨厌！'我的新朋友抱怨道。

"他的坏脾气没持续多久，因为我和我的小朋友们努力逗他开心。他听了我们最美妙的歌曲，为了感谢我们，他让我们品尝了他们从船上运下来作为晚餐的好东西。他睡在父亲留给他的大茅屋里。入睡前的很长一段时间里，我和母亲躺在小屋里，透过缝隙，望着炮艇的灯光在黑暗的水面上颤动着红色的涟漪。

"那天晚上我做了一个可怕的梦。我看到我的朋友，那个法国军官，他平静地睡着，一只大乌鸦在他头顶上盘旋，高声叫着：'嘎、嘎——明天晚上，加奥的橡胶树将不再庇护白人头领和他的护卫——嘎、嘎——'

"天刚破晓，我就去找当地的士兵。他们躺在炮艇的舰桥上，趁白人还在睡觉，什么也不做。

"我走到年纪最大的那个人跟前，用庄严的语气对他说：'听着，昨晚我梦到了一只乌鸦。它告诉我，今晚你们的头领躲在加奥的树阴下会倒霉的。'

"他们无动于衷，只是躺在那里望着天空，好像没有听见似的。于是，我补充道：'他的护卫也一样。'

"此时正是太阳最高的时候，上校正和其他法国人在船舱里吃饭，轮机长进来了，开口说道∶'我不知道当地士兵怎么了，它们像天使一样卖力工作。如果他们继续这样干下去，先生，我们今晚就能离开了。'

"'如此更好，'上校说道，'不过，别让他们操之过急。没必要在周末之前赶到阿桑戈，最好还是在白天动身。'

"我身体发抖。我恳求去他面前，把我的梦告诉了他。

"他带着惊讶的微笑听着，最后他严肃地说道∶'好吧，就这么定了，小坦尼特·泽尔加，既然你希望，我们今晚就出发。'

"他吻了我一下。

"当炮艇修理完毕离开小河时，天已经黑了。那些法国人，在他们中间，我可以看到我的朋友，他向我们挥了很长时间的帽子，直到我们再也看不见他们；我一个人待在摇晃的小码头上，看着河水流动，直到炮艇轰隆轰隆的声音消失在夜色中。"

坦尼特·泽尔加稍作停顿。

"那是在加奥的最后一晚。我睡着了，月亮还高高挂在天上。森林那边有只狗在叫，但没叫多久。接着传来了人们的喊声，是女人的尖叫，你知道，一旦你听过，永远都不会忘记。太阳升起来的时候，我赤身裸体，和我的小伙伴们跌跌撞撞地朝北方跑去，旁边是押送我们的图阿雷格人，他们都骑着骆驼。后面跟着部落里的妇女，我母亲也在其中，两两一组，脖子上都套着枷锁。男人不多，他们几乎都被割喉了，我躺在加奥的茅草废墟下，旁边是我的父亲，勇敢的索尼·阿兹基亚。加奥再次被阿韦利米登人夷为平地，他们本来要去炮艇上屠杀法国人的。

"图阿雷格人一直在催促着我们，因为他们害怕被追赶。我们就这样走了十天。随着谷子和大麻的消失，行军变得更加可怕。最后，在伊萨克尔延附近的基达尔，图阿雷格人把我们卖给了一个由特拉赞摩尔人组成的商队，他们正从马布鲁克前往拉哈特。起初，因为他们走得比较慢，这似乎算是好运。但不久，沙漠变成了戈壁滩，有女人开始倒下了。至于男人，最后一个男人因为不肯再往前走，被棍棒活活打死了。

"我还有力量继续前进，甚至尽可能地领先，这样就不会听到小玩伴的哭声。每当有人在路上跌倒，再也站不起来时，我就会看到一个赶骆驼的人从骆驼上下来，把她拖到灌木丛里，割开她的喉咙。但是有一天，我听到一声喊叫，吓得我转过身来，原来是我的母亲。她跪在地上，向我伸出可怜的双臂，刹那间我就到了她身边。但是一个穿着白色衣服的高大摩尔人把我们隔开了。他的脖子上用一根黑绳挂着一把摩洛哥皮的红色弯刀，他已经从刀鞘里抽出了刀。我看到蓝色刀刃向棕色皮肤砍去。又是一声惨叫，过了一会儿，我被一根棍子驱赶着，又小跑起来。我强忍着眼泪，在大篷车里找自己的位置。

"在阿西乌的水井附近，摩尔商人遭到一群来自凯尔塔佐勒特的图阿雷格人袭击。他们是统治霍加尔的凯尔雷拉部落的农奴。摩尔商人依次被屠杀，一个不留。就这样，我被带到这里来献给了安蒂妮亚。她喜欢我，从那以后一直对我很好。这就是为什么今天你不得不用本不愿意听的故事来平息自己内心的狂热。我不是奴隶，而是伟大的桑海皇帝的最后一个后代，是人类和民族的祸害索尼·阿里的最后一个后代，是前往麦加朝圣的穆罕默德·阿兹基亚的最后一个后代。穆罕默德·阿兹基亚，他曾去麦加朝圣，带着一千五百名骑兵和三十万米特卡尔黄金，那时加奥的版图无可争议地从乍得延展到图特和西部海域。当时的加奥，有最高的建筑，远非其他城市可比，就像卑微的高粱无法跟红柳相比一样。"

银锤子

我下面要讲的故事发生在这样一个夜晚。下午五点左右，天空乌云密布，空气令人窒息，暴风雨即将来临。

我将永远不会忘记这个日子：1897 年 1 月 5 日。

海勒姆·罗伊和盖尔热得受不了，躺在我房间的垫子上。我和坦尼特·泽尔加一起倚在岩石窗边，注视着风暴的前兆。

一道又一道闪电划破黑暗。闪电过后，我并没有听到雷声，暴风雨没能在霍格尔峰顶上站稳脚跟。它过去了，没有爆发，只留下我们心情忧郁，汗流浃背。

"我要去睡觉了。"坦尼特·泽尔加说。

我已经说过她的房间在我的上面。它的阳台比我现在靠在上面的阳台高出大约十码。她把盖尔抱在怀里。但是海勒姆·罗伊很固执，它把四只爪子伸进垫子里，愤怒而不安地呻吟着。

"别管他，"我最后对坦尼特·泽尔加说，"这一次它可以睡在这儿了。"这个小小的野生动物在接下来的事件中扮演了重要的角色。

留下我一个人，陷入沉思。夜幕降临，一片漆黑。整座山都沉浸在寂静之中。豹子的吼声越来越响，把我从沉思中唤醒。

海勒姆·罗伊站在门口，用爪子撕扯着它。它刚才拒绝跟随坦尼特·泽尔加离开，现在倒想出去了。

"安静！"我说，"我受够你了，躺下！"

我试图把它从门口拉开。

结果我被它打了一拳，把我打得踉踉跄跄。

然后我在沙发上坐了下来。

我短暂休息了一下。"对自己诚实一点，"我想，"自从莫朗奇抛弃了我，自从见到了安蒂妮亚，我一直被一个想法所困扰。用坦尼特·泽尔加的故事来欺骗自己有什么好处，无论那故事有多么迷人！这只豹子是一个借口，也许是一个向导。哦，你知道今晚会有神秘的事情发生。这么久了，你怎么能什么事都不做呢？"

我立刻下定了决心。"如果我打开门，"我想，"海勒姆·罗伊就会沿着走廊跳跃，我很难追上它，必须得另想办法。"

阳台的百叶窗是用绳子操作的。我把它拉了下来，跟一条结实的皮带系在一起，系在豹子的金属项圈上。

我把门开了一点。

"说你呢！现在走吧。轻轻地，轻轻地！"

我确实很难抑制住海勒姆·罗伊的热情，它拖着我沿着迷宫一样的黑暗走廊往前走。

还不到九点钟，壁龛里一盏盏玫瑰灯几乎燃尽了。我们不时地擦肩而过，油灯正发出最后的微光。这真是个迷宫！我已经知道我再也找不到回房间的路了。我只能跟着猎豹。

起初，它对不得不拖着我往前走感到愤怒，但渐渐地，它习惯了。猎豹带着喜悦的心情向前走，肚子几乎贴着地面。

走廊一条比一条黑暗。我心里充满了疑惑。我突然发现自己在赌！但这对海勒姆·罗伊是不公平的。像我自己一样，长时间失去了心爱的存在感，这高贵的动物把我带到了我想去的地方。

突然，在一个转弯处，前方的黑暗消散了。一扇玫瑰窗，隐约闪烁着红色和绿色，出现在我们面前。

与此同时，那只轻声叫着的猎豹在一扇门前停了下来。

我认出这是那位白衣塔基人在我到达后的那天早上让我进去的那

扇门，当时我被猎豹海勒姆·罗伊袭击了，那正是我发现自己在安蒂妮亚面前的时候。

"今天我们是更好的朋友了。"我抚摸着它，低声说道，以免它不小心发出吼声。

与此同时，我试着开门。透过窗户的光投射在地上，呈现出绿色和红色的光影。

我转动一个简单的门闩。与此同时，我缩短了缰绳，以便更好地控制海勒姆·罗伊这只豹子，它越来越兴奋。

此刻，我第一次发现安蒂妮亚的大厅很暗，但它所通向的花园，在阴沉的天空下熠熠生辉。乌云密布，遮住了月亮，暴风雨还没有爆发的迹象。没有一丝风，湖面上是一片青灰色。

我坐在一个垫子上，把豹子紧紧抱在膝间，猎豹不耐烦地咆哮着。我认真思考，不是思考想做什么，因为我早就下定了决心，但该怎么做呢？

然后，我似乎意识到远处有低语声，一种低沉的说话声。海勒姆·罗伊的咆哮声更大了，它挣扎着离开。我把带子放松了一点。它开始沿着黑暗的墙壁，朝声音传来的方向爬去。我跟在它后面，在地板上散落的垫子中间尽量不发出声音，跌跌撞撞地走着。

现在，我的眼睛已经习惯了黑暗，认出了我第一次看到安蒂妮亚时那金字塔形的地毯。

突然我被什么东西绊了一下。豹子停了下来，我感觉自己踩在了它的尾巴上，这只漂亮的动物没有叫喊。

我沿着墙摸索着走，发现了另一道门。轻轻地，轻轻地，像第一次一样，我打开了它。豹子轻轻地叫了一声。

"海勒姆·罗伊，"我喃喃道，"安静！"

我搂着它强有力的脖子。

我感觉到它那温暖湿润的舌头在我手上舔着。一种巨大的幸福使然，它的身体在颤抖。

在我们面前，中间亮着灯，另一个房间被打开了。中间，六个人蹲在垫子上玩骰子，用长柄的小铜杯喝咖啡。

他们是白衣图阿雷格人。

天花板上挂着一盏灯，在这些人周围投射出一圈光。四周一片幽暗。

黑色的面孔、铜杯、白色的烛台和明暗的移动构成了一幅奇特的蚀刻画。

他们玩得很节制，粗鲁地报分。

然后，我仍然非常轻柔地把套在这只躁动野兽脖子上的皮带解开。它向前一跃，发出刺耳的咆哮。

我所预见的事情发生了。海勒姆·罗伊一跃，跳入白衣图阿雷格人的中间，现场一片混乱。它又跳了一下，回到了阴影之中。我依稀瞥见房间另一侧第二条走廊的阴暗入口，正对着我刚才停下来的地方。

"就是这条路。"我想。

大厅里一片混乱，难以形容，却悄无声息。很明显，附近一定有什么大人物，才使那些恼怒的卫兵不敢高声。骰子和骰子盒朝一个方向滚动，杯子朝另一个方向滚动。

有两个图阿雷格人疼得直不起腰来，一边揉着肋骨，一边低声咒骂。

不用说，我趁这无声的混乱溜过房间。此刻，我身体紧贴着第二条走廊的墙，海勒姆·罗伊刚刚就消失在那里。

就在这时，一阵清脆的锣声划破了寂静。图阿雷格人震惊不已，那一刻，我知道我选的路没错。

其中一个男人站了起来，从我身边走过，我就跟着他。我非常镇定，连最轻微的动作都在竭力控制。

我心里想：我走了这么远，冒了这么大的险，没想到只是被礼貌地领回我的房间而已。

这位塔基人掀开了门帘。我跟着他进了安蒂妮亚的房间。

房间很大，光线充足，但又很暗。安蒂妮亚所在的右半部分在遮光灯下闪闪发光，而左边则是一片昏暗。

到过伊斯兰教徒家的人都知道什么叫小木偶，那是墙上的一种方形壁龛，离地四英尺，入口用挂毯遮住，要走木台阶才能到达。我注意到在我左边有一个这样的小木偶，我蹑手蹑脚地进去。我的脉搏在黑暗中跳动，但我还是很冷静，非常冷静。

从这个位置上，我什么都能看到，什么都能听到。

我在安蒂妮亚的房间里。除了大量的地毯，这个房间没有什么特别之处。天花板上有阴影，几盏五彩缤纷的灯在那光亮的东西上远远地投射出柔和的光。

安蒂妮亚躺在狮子皮上抽烟。她身边放着一个小银盘和一个大酒壶。海勒姆·罗伊蹲在她脚边，疯狂地舔着她的双脚。

白衣塔基人僵硬地站着，一只手放在心口上，另一只手放在额头上，向她敬礼。

安蒂妮亚的声音很严厉，没有看他一眼。

"你为什么让这只猎豹通过？我说过我想一个人待着。"

"它把我们撞倒了，主人。"白衣塔基人谦卑地说道。

"门不是关着吗？"

这位塔基人没有回答。

"要我把这只猎豹带走吗？"他问道。

他的眼睛看着海勒姆·罗伊，后者恶狠狠地盯着他，清楚地表明它希望得到否定的回答。

"既然来了，就让它待在这里吧。"安蒂妮亚说道。

她紧张地用她的小银烟斗敲了敲托盘。

"上尉在做什么？"她问道。

"他胃口很好，刚吃过饭。"塔基人回答道。

"他什么也没说吗？"

"说了，他要求见他的朋友，另一位军官。"

安蒂妮亚把小托盘敲得更厉害了。

"他没说别的吗？"

"没有，主人。"这位男子说道。

亚特兰蒂斯女王的额头有些苍白。

"去把他叫来。"她不耐烦地说道。

塔基人鞠了一躬，离开了房间。

我怀着说不出的焦虑听着这段对话。莫朗奇、莫朗奇……这是真的吗？我对莫朗奇的怀疑是没道理的吗？他要求再见我一面，却不能如愿！

我的目光从未离开过安蒂妮亚。

此刻，她不再是我第一次见到的那个傲慢、轻蔑的公主了。她的额头上没有了金色的蛇形饰物。没戴手镯，也没戴戒指。她身上只穿了一件镶金刺绣的束腰长袍。她无拘无束的黑发，披散在她纤细的肩膀和裸露的手臂上。

她美丽的眼圈深陷着，那神圣的嘴巴因疲劳而耷拉下来。我不知道，看到这位新克利奥帕特拉如此苦恼，我该高兴还是该难过。

海勒姆·罗伊蹲在她的脚边，久久地凝视着她。

右边的墙上嵌着一面巨大的菱形镜子，反射着金色的光。突然，她在镜子面前挺直了身子。我看见她赤裸着身体。

多么壮观而痛苦的景象！一个自以为孤独的女人，站在镜子前期待着她想征服的男人！

房间里散布着六个香炉，烟柱袅袅升起，但光线不足，不容易被看见。阿拉伯彼得里亚的香脂香料织成了漂浮的网，缠住了我不知羞耻的器官……安蒂妮亚背着我，笔直地站着，对着镜子微笑。

走廊里传来低沉的脚步声。安蒂妮亚立刻恢复了她第一次接待我时那种漠不关心的姿态。这样的转变一定是亲眼所见才会相信。

在白衣塔基人的带领下，莫朗奇走进了房间。

他的脸色也有点苍白。但最打动我的是这张脸上洋溢着安详的表情，我过去一直以为我很熟悉他，但我现在觉得自己从来都不明白莫朗奇是个什么样的人。

他在安蒂妮亚面前挺直了身子，似乎没有注意到她邀请他坐下的手势。

她微笑着看着他。

"这么晚了还把汝叫来，"她最后说道，"汝也许会感到惊讶吧？"

莫朗奇没有眨眼睛。

"汝想好了吗？"她问道。

莫朗奇严肃地笑了笑，没有回答。

我从安蒂妮亚的脸上看到她努力保持着的微笑。我佩服这两个人的自制力。

"我把汝召来了，"她继续说，"汝不知道为什么吗？好吧，我要告诉汝一些汝不希望听到的事情。我告诉过汝，我从未见过像汝这样的人，那时我什么也没有透露。在囚禁期间，汝只表达了一个愿望，还记得是什么吗？"

"我请求你，"莫朗奇直截了当地说道，"在我死之前，允许我再见到我的朋友。"

听到这些话时，我说不出哪一种感觉更为强烈，是高兴还是激动？听到莫朗奇对安蒂妮亚说了"你"这个字，我很高兴。我知道了他唯一的愿望是什么。

但安蒂妮亚稳稳地说道："这就是我叫汝来的原因，告诉汝还能见到他。我还会做得更多。当汝听说只要反抗我，就能使我服从汝的意志时，汝也许会更加鄙视我……我，直到现在，所有人都屈从于我。

不管结果如何，我已经决定了：我会释放你们两个。明天切海尔·本·谢赫会带汝回到边界之外。汝满意吗？"

"满意。"莫朗奇带着轻蔑的微笑说道。

安蒂妮亚望着他。

"这将给我一个机会，"他继续说道，"为我打算用这种方式进行的下一次旅行制定更好的计划。你不必怀疑，我一定会回来表达感激之情。不过，下次为了给予如此伟大的女王应有的荣誉，我将要求我的政府为我拨两三百名欧洲士兵并提供几门大炮。"

安蒂妮亚站了起来，脸色苍白。

"汝说什么？"

"我说，"莫朗奇继续冷冷地说道，"这是显而易见的。威胁之后是承诺。"

安蒂妮亚快步走到他面前。他交叉着双臂，带着一种严肃的怜悯望着她。

"我要用最残忍的酷刑处死汝。"她最后说道。

"悉听尊便。"莫朗奇说道。

"汝将承受超乎想象的痛苦。"

莫朗奇以同样悲伤的平静重复道："悉听尊便！"

安蒂妮亚在房间里踱来踱去，像一头困在笼子里的动物。她走到我朋友面前，最终失去控制，打了他的脸。

他微笑着，控制住了她，把她纤细的手腕合拢在一起，以一种奇怪的力量和温柔交织的方式紧紧抓住她。

海勒姆·罗伊传来一声怒吼。我以为它要跳起来了，但莫朗奇冷冷的目光震慑住了它。

"我……我……要当着汝的面杀了汝的同伴。"安蒂妮亚结结巴巴地说道。

在我看来，莫朗奇的脸色似乎更苍白了，但只是一秒。他反驳了一句，那句话既高贵又清晰，我被征服了。

"我的朋友是个勇敢的人，他不怕死。而且，我相信他宁死不屈。"

说着，他松开了安蒂妮亚的手腕。她的脸色苍白得吓人。我觉得她的嘴唇就要说出那句决定命运的话了。

"听着。"她说道。

此时此刻，在那被人蔑视的威严之中，她还是那么美丽，但她的美第一次显得如此苍白无力！

"听着，"她继续说道，"听着，我最后说一次，记住，我守着这座宫殿的大门。记住，我是汝生命的主宰。记住，只有在我爱汝的时候，汝才能呼吸。想想吧……"

"这些我都想过了。"莫朗奇说。

"最后一次。"安蒂妮亚重复道。

这时莫朗奇脸上那种奇妙的平静使我再也看不见和他说话的那个她了。在这张变了形的脸上没有任何尘世的痕迹。

"最后一次。"安蒂妮亚几乎哽咽地说道。

莫朗奇不再看她。

"很好！随你的便。"她说道。

一声清脆的锣声响起。她敲了一下银锣，那位白衣塔基人出现了。

"走吧。"

莫朗奇昂着头走了。

她颓废至极，所以当我走到她身边时，她没有表现出惊讶。她的头靠在我的肩上，就像乌云中的新月。她小鸟依人，用温暖的双臂痉挛地抱着我，把我搂在怀里……哦，她的心在颤抖！

现在安蒂妮亚在我怀里。她不再是我心上那位高傲淫荡的女人，她现在只是一个受辱痛苦的小女孩。

在这慵懒的夜晚，在这柔和的香气中，谁能抗拒这样的拥抱呢？我觉得自己丧失了意志。

这是我的声音吗？在梦中重复的声音："汝要什么？汝要我做什么，我就做什么……"

我的感官变得敏锐起来，敏锐了十倍。我的头靠在柔软的小膝盖上，紧张而屈服。一阵阵香气在我周围旋转，突然间，金色的灯像巨大的摇椅一样从天花板上摇曳起来。这是我的声音在重复吗？

"汝要我做什么，我就做什么……"

安蒂妮亚的脸几乎碰到了我的脸，此刻，她的大眼睛里闪烁着奇异的光芒。

在不远处，我看到了海勒姆·罗伊发光的眼睛。它旁边放着一张小凯鲁万桌子，漆着蓝色和金色相间的油漆。在这张桌子上，我看到了安蒂妮亚召唤其侍从的那面锣。我看到了她刚才用的那把锤子——乌木柄很长、头很沉的银锤子——小凯恩杀人用的银锤子……

此刻，我再也看不到其他东西了……

山中的处女

我在房间里醒来。太阳已经升到天顶了，光线充足，热得使人难受。

我睁开眼睛看到的第一件东西是窗帘，它被拆了下来，躺在房间中央。然后，我开始模糊地回想起昨天晚上发生的事情。

我觉得头又沉又疼。我的思绪在徘徊，记忆似乎堵塞了。我是和猎豹一起出去的，这是肯定的。食指上的红印表明当时我是多么用力地拉扯着皮带，我的膝盖上还沾着灰尘。的确，当海勒姆·罗伊跳起来的时候，我顺着墙溜进了图阿雷格人正在玩骰子的房间。然后呢？哦，是的，莫朗奇和安蒂妮亚……然后呢……

我什么也不知道了。然而，一定发生了什么事，我却记不得了。

我很担心。我想记住，但我似乎害怕记清。我很痛苦，从来没有像这样的矛盾感觉。

"从这里到安蒂妮亚的寓所，路挺长。我被抱回来的时候一定睡得很香，毕竟，我肯定是被抱回来的路上没有意识到发生了什么事！"

我不再去想了。我头痛得厉害。

"我们出去透透气吧。"我低声说道，"这里太闷热了，会把我逼疯的，"我觉得我必须得看到人，不管是谁。我机械地向书房走去。

我发现勒·梅斯基先生正陶醉在狂喜之中。这位教授正在打开一个巨大的包裹，包裹是用棕布小心地缝起来的。

"您来得正是时候，亲爱的先生。"他一看见我进来就喊道。

"《评论》刚到。"

他忙得焦头烂额。这时，从包裹的侧面倒出了一本本蓝色、绿色、黄色、橙黄色的小册子。

"来吧，这太棒了，"他高兴得手舞足蹈，继续说道，"这些书来得还不算晚，日期显示是十月十五日的。必须谢谢我们的好阿默尔。"

他的活泼颇有感染力。

"他是的黎波里当之无愧的土耳其商人，足够优秀，订阅了所有关于两大洲的有趣《评论》。他用拉丹绸把书包好，将它们送到一个他并不关心的目的地。但这是法国的《评论》。"

勒·梅斯基先生正兴奋地浏览着目录。

"国内政治：有弗朗西斯·查姆斯、阿纳托利·勒罗伊、比尤利的文章，还有道松维拉关于沙皇访问巴黎的文章。喂！是达韦内尔先生对中世纪工资的研究。这里有一些年轻诗人的诗歌，弗尔南多·格雷、埃德蒙·哈劳古。啊！亨利·德·卡斯特里关于伊斯兰教的书评可能更有趣……但是我请求你，亲爱的先生，你喜欢什么就拿什么吧。"

快乐使人友好，而勒·梅斯基先生真的是精神错乱了。

微风正从窗户吹进来。我走到栏杆边，用胳膊肘支着身子，开始翻看几本《双世界讽刺剧》。

我并没有在看书，只是翻动书页，我的眼睛有时盯着那一行行蜂拥而来的文字，有时看着落日下岩石盆地发出的玫瑰色光芒。

突然，我的注意力开始集中起来。文字和风景之间开始建立起一种奇怪的联系。

"在我们的头顶上，天空只有几缕淡淡的云，就像木头燃烧留下的白色灰烬。太阳光照亮了岩石圈的峰顶，雄伟的线条在蔚蓝色的衬托下格外突出。一种巨大的悲伤，一种巨大的孤独从上面落到荒凉的山峦地带，像一种神奇的饮料注入深杯一样。"

我激动地翻了几页，思路似乎开始清晰起来。

在我身后，勒·梅斯基先生正在埋头阅读《评论》，他的咕哝声显示出他的愤怒。

我继续读自己的书。

"在粗糙的光线下，从四面八方，在我们脚下展开了一幅壮丽的景象。那一片岩石完全暴露在荒凉之中，一直延伸到山顶，像一堆巨大的、没有形状的东西，是原始的泰坦之战留给人类的惊世之物……

"这是耻辱，绝对的丑闻。"教授重复道。

"……倒塌的塔楼，摇摇欲坠的城堡，塌陷的圆顶，破碎的柱子，残缺不全的巨像、船首，怪物的尸体，泰坦的骨头，这些无法通过的山脊和沟壑，似乎是一切巨大和悲剧的化身。远方清晰可见。"

"这简直是丑闻。"勒·梅斯基先生一边生气地说，一边用拳头敲着桌子。

"……远方清晰可见，我能分辨出每一个轮廓，就好像我眼前有一块被无限放大的岩石，维奥兰特用造物主的姿态透过窗户向我展示的那块岩石。"

我颤抖着合上了《评论》。在我的脚下，是安蒂妮亚第一次见面时给我看的那块白色岩石，现在变成了红色，巨大而突兀，在古铜色的花园中占据了主导地位。

"这是我的整个视界。"她曾经这样说道。

现在，勒·梅斯基先生的愤怒也没有止境了。

"这比羞耻更糟糕,这是耻辱!"

我真想掐死他,让他闭嘴。他抓住我的胳膊,向我哀求起来。

"先生,您来读一下这篇文章,虽然您对它了解不多,但您会发现这篇关于罗马人在非洲的文章简直就没有良知,简直就是无知。这是一篇署名文章,您知道是谁署名的吗?"

"别烦我。"我粗暴地说道。

"好吧,是加斯顿·波西耶的签名。的确如此,先生!加斯顿·波西耶,荣誉军团高级军官、高等师范学院高级讲师、法兰西学院常任秘书长、摩崖石刻与美文学会会员,曾经是拒绝我论文的人之一,他们中的一个……可怜的大学,可怜的法国!"

我不再听他说话,我又开始看书了。我的额头上满是汗水,但在我的脑海里,就像一扇扇窗户打开的房间一样明亮,我感到记忆像鸽子拍打着翅膀回家了。

"……在那一刻,她全身不由自主地颤抖着,眼睛睁得大大的,仿佛有什么可怕的幻象使她充满了恐惧。

"'安……安东内洛。'她结结巴巴地说。

"好几秒钟她一句话也说不出来。

"我带着说不出的痛苦望着她,在我的灵魂里,我忍受着她亲爱的嘴唇每一次收缩。她眼中的幻象进入了我的眼睛,我再次看到了安东内洛苍白、瘦弱的脸和他快速跳动的眼皮，痛苦的波浪占据了他修长的身体，他像一根脆弱的芦苇一样摇晃着……"

不再读下去，我把那本《评论》扔到了桌上。

"对了。"我说道。

为了剪书页，我一直在用勒·梅斯基先生剪断包裹绳索的那把刀，那是一把乌木柄的短匕首，是图阿雷格人在左二头肌上绑着刀鞘的那种匕首。

我把它放进法兰绒上衣的大口袋里，朝门口走去。正要出去，我听见勒·梅斯基先生叫我。

"德·圣·阿维特先生！德·圣·阿维特先生！"

我转过身来。

"请听一个小细节。"

"什么？"

"您知道红色大理石大厅里的字都是我写的吧？"

我走到桌边。

"哦，莫朗奇先生第一次来的时候，我忘了问他出生的日期和地点。从那以后，我再也没有机会了，我再也没见过他。所以现在我不得不求助于您，能给我提供一些信息吗？"

"可以。"我轻声说道。

他从一个盒子里拿出一张厚厚的白纸板标签，盒子里有几张这样的纸板，他把钢笔蘸了蘸墨水。

"那我们就说：第五十四号……上尉吧？"

"让·玛丽·弗朗索瓦·莫朗奇上尉。"

当我口述时，一只手放在桌子边上，我看到我的白色袖子上有一个污点，一个小小的棕红色污点。

"莫朗奇。"勒·梅斯基先生把我同伴的名字念完了，又重复了一遍。

"生于……"

"维尔弗朗。"

"维尔弗朗，罗纳河畔。生日？"

"1859 年 10 月 14 日。"

"1859 年 10 月 14 日。很好。1897 年 1 月 5 日死于霍格尔。嗯，完了。非常感谢，亲爱的先生，谢谢您。"

"不客气，先生。"

说完，我就离开了勒·梅斯基先生。

从那以后，我下定了决心，正如我所说的，我非常镇定。

然而，当我和勒·梅斯基先生告别的时候，我觉得构思计划和执行计划之间需要间隔几分钟。起初我在走廊里闲逛。然后，发现自己不经意间来到了我的房间附近，便朝那里走去。我进入房间。天气还是热得让人受不了，我坐在沙发上开始沉思。

我口袋里的匕首让我很难受。我把它拿出来放在地上。

这是一把锋利的匕首，刀刃呈菱形。剑柄和剑刃之间有红色皮革的刀鞘。

这把武器使我想起了那把银锤子。记得当我用它锤击时……是多么轻松自如。

现场的所有细节我都历历在目，但我一点也不觉得害怕。似乎我下定决心要立即杀死凶手，这让我回想起可怕的细节时不为所动。

我反思自己的行为，是出于惊讶，而不是出于自责。

"怕什么！"我对自己说道，"这个莫朗奇，曾经是个孩子，像其他孩子一样，在婴儿时期让他的母亲非常焦虑。我已经杀了他，是我断送了他的性命，摧毁了这座爱的纪念碑，让一个人的生命逃脱了泪水和圈套！"

仅此而已。没有恐惧，没有悔恨，没有莎翁式谋杀后的恐惧。今天，尽管我可能会怀疑，厌于享乐并幻想破灭，可当我独自在一个黑暗的房间里过夜时，我却会颤抖。

"来吧，"我想，"是时候了。我必须克服它。"

我拿起匕首，在把它放回口袋之前，做了一个刺的动作。一切顺利，剑柄在我手里握得很紧。

我去安蒂妮亚的寓所时，从来没在没有向导的情况下去过。第一次是白衣塔基人带我去的，第二次是猎豹带我去的。然而，我毫不费力地找到了它。就在我走到有明亮的玫瑰窗的门口之前，我遇到了一个塔基人。

"让我过去，"我命令道，"是你的女主人叫我来的。"

那人服从了，退缩到一边。

不久，我耳边传来了低沉的旋律。我听出是力巴扎的音调，这是图阿雷格族妇女常弹奏的一种只有一根弦的小提琴。这是阿吉达在弹琴，她像往常一样蹲在女主人脚边。另外三个女人把她围了起来，坦尼特·泽尔加不在那里。

哦！既然这是我最后一次见到她，那就让我跟你谈谈安蒂妮亚吧，告诉你她是如何在这关键时刻出现在我面前的。

她是否感受到了笼罩在她头上的威胁？她是否希望依靠她最不可战胜的手段来勇敢地面对它？在我的脑海里，我记得她那朴实无华的身体，没有戒指，没有珠宝，昨天晚上我把她贴在心上。而现在，当我看到眼前这个像偶像一样戴着珠宝的她，不是一个普通女人，而是一个女王时，我几乎吓了一跳。

法老那沉重而辉煌的装束压在她纤细的身体上。她的头上戴着埃及诸神和国王的大金像王冠，图阿雷格人的国石——祖母绿镶嵌在上面，用蒂菲纳文字刻着她的名字。一件绣着金莲花的红缎子罩袍，像珠宝的匣子一样把她包裹起来。在她的脚边，放着一根乌木权杖，顶端是三叉戟。她裸露的手臂被两条毒蛇包裹着，它们的毒牙碰到了她的腋窝，好像要把自己埋在那里。头两侧的耳垂上各垂下一只祖母绿的耳环。她坚定的下巴上勒着一条系王冠的带子，一圈祖母绿的项链围在她裸露的喉咙旁。

她在我进来时笑了。

"我在等汝呢。"她简短说道。

我向前走了一步，在离宝座四步远的地方，我停了下来，就在她面前。

她讽刺地看着我。

"这是什么？"她极其平静地说道。

我顺着她手指的方向望去。我看见匕首的刀柄从我的口袋里露了出来。

我把它完全抽出来，牢牢地握在一只手里，准备出击。

"谁敢动一动，我就把她扔出去，把她赤身裸体地扔在六英里外的红色沙漠里。"安蒂妮亚冷冷地对身边的几个女人说道。我的行动引发了她们一阵恐惧的低语。

她对我说道："这把匕首真难看，看你拿着它笨手笨脚的，要我派西迪亚到我的房间去给你拿那把银锤子吗？你昨晚用它比那把匕首顺手多了。"

"安蒂妮亚，"我声音嘶哑地说道，"我要杀了你。"

"不要说'你'这个字，请说'汝'。汝昨晚就是这样。汝敢在这些女人面前动手吗？"她指着那些惊恐地瞪大眼睛的女人说道，"杀了我？汝简直不讲道理。汝谋杀了另一个人，得到了奖赏，竟然又想杀我……"

"……他痛苦吗？"我突然颤抖着说道。

"几乎没有。我已经告诉过汝了，汝使用锤子的时候就好像汝这辈子什么都没做过一样。"

"像小凯恩一样。"我喃喃道。

她惊讶地笑了笑。

"啊！你知道这个故事……是的，就像小凯恩。但至少小凯恩是有逻辑的。而你……我不明白。"

"我也不太明白。"

她带着愉快的微笑看着我。

"安蒂妮亚。"我说道。

"什么事？"

"我已经完成了你要求我做的事。轮到我提出一个请求——问你一个问题好吗？"

"请讲。"

"他所在的房间很黑，是不是？"

"非常黑暗。我不得不把汝领到他睡觉的长沙发上。"

"他睡着了——汝肯定吗？"

"我已经告诉过汝了。"

"……他没有立即死去，是吗？"

"没有。我确切地知道他是什么时候死的：两分钟以后，汝锤击了一下，就大叫一声跑开了。"

"那么毫无疑问，他是不可能知道的。"

"什么？"

"是我拿着锤子。"

"当然，他可能不知道，"安蒂妮亚说，"但是，他知道。"

"如何知道？"

"因为是我告诉他的。"她说道，带着极大的勇气盯着我的眼睛。

"那么，"我低声道，"他信了吗？"

"经我一解释，他通过叫声认出了汝。如果他不知道是汝，我就不会对这件事感兴趣了。"她又轻蔑地笑了笑。

我已经说过，我和安蒂妮亚只有四步之遥。我一跃而起，但还没来得及动手，就被击倒在地。

海勒姆·罗伊向我的喉咙扑来。

与此同时，我听到了安蒂妮亚平静而专横的声音。

"来人。"她命令道。

一秒钟后，我从猎豹的爪下解脱了。六个白衣图阿雷格人扑向我，想掐死我。

我相当强壮敏捷，马上就站了起来。我的一个敌人躺在十英尺外的地板上，下巴被狠狠一击，倒在了地上。另一个在我的膝盖下喘息。就在这时，我最后看了一眼安蒂妮亚。她站得笔直，双手扶着她的乌木权杖，带着讥讽的微笑看着这场战斗。

与此同时，我大叫一声，放开了自己的对手。我的左臂发出咔嚓一声：一个图阿雷格人从后面抓住我的胳膊向后扭，我的肩膀脱臼了。

我在走廊里彻底晕了过去。两个白色的幽灵抱着我，把我紧紧绑住，我再也动弹不得。

萤火虫

苍白的月光透过敞开的窗户照进我的房间。

在我躺着的长沙发旁，站着一个细长的白色身影。

"原来是你，是你——坦尼特·泽尔加！"我低声说道。

她把手指放在我的嘴唇上。

"嘘！是我。"

我试图从沙发上站起来，但一阵剧烈的疼痛刺穿了我的肩膀。下午发生的事又浮现在我的脑海里，想起来就头疼。"啊，我亲爱的孩子，要是你知道就好了！"

"我知道。"她说道。

我比孩子还虚弱。白天的过度兴奋过后，夜幕降临，随之而来的是深深的沮丧。我的喉咙哽住了，快要窒息了。

"要是你知道就好了，要是你知道就好了！……带我走吧，孩子，带我走吧。"

"小声点，"她说，"你门后有个白衣塔基哨兵。"

"带我走吧。救我！"我又说了一遍。

"这就是我来这儿的原因。"她简明地说道。

我望了望她。她没有穿红色丝绸束腰外衣；她裹着一块罩袍，其实就是一块简单的长方形布，一个角盖在头上。

"我也要走，"她疲倦地说，"我也想逃，我想了很久。我想再看看加奥，再看看河边的村庄，再看看那些苍翠的橡胶树，再看看那碧波荡漾的河流。"她接着说道，"自从我第一次来到这里，我就想离开这里，但我太小了，不能独自在大撒哈拉沙漠中行走，我从没敢告诉在你之前来过这里的人，他们的心里都只有她……而你，却想杀了她。"

我发出一声沉闷的呻吟。

"你很痛苦，"她说道，"他们打断了你的胳膊。"

"至少把它弄脱臼了。"

"让我看一眼。"

她无限温柔地把张开的小手放在我的肩膀上。

"你说我的门后有一个塔基哨兵把守，坦尼特·泽尔加，"我说道，"那你是怎么到这儿来的？"

"从那里过来的。"她说道。

她指着窗户。天蓝色的正方形天空被一条黑色的垂直线等分。

坦尼特·泽尔加走到窗前。我看见她站在窗台上，一把刀在她手里闪闪发光；她在和窗户的顶部齐平的位置割断了上面的绳子，绳子掉到了地板上，发出沉闷的声音。

她又回到我身边。

"逃跑，逃跑！"我说道，"走哪条路？"

"从这里走。"她重复道。

她指着窗户。

我探出身子，狂热的眼睛在黑暗的天井里搜寻着小凯恩被摔成碎片时看不见的岩石。

"这边！"我颤抖着说道，"我们离地面有两百英尺。"

"绳子二百五十英尺，"她回答道，"这条绳子很好，很结实。我刚才从绿洲里偷来的，是砍伐树木时用的，相当新。"

"穿过那里，坦尼特·泽尔加？我的肩膀受伤了，该怎么办？"

"我要把你放下去，"她斩钉截铁地说道，"摸一下我的手臂有多强壮。当然，我不会直接放你下去。但是你看，窗户两边各有一根大理石柱子。把绳子套在其中一根上，再转一圈，你就能滑下去，而且几乎感觉不到你的重量。"她继续说道，"还有，你看，我每隔十英尺就打一个大结。如果我想休息一下，它们会帮我阻止你坠落。"

"那你呢？"我问道。

"当你到达底部时，我会把绳子系在柱子上，然后跟着你。如果绳子把我的手撕裂，我就有绳结可以休息。但你不必害怕，我很敏捷。在加奥，我还是个小孩的时候，就常常爬到差不多这么高的橡胶树上去偷巨嘴鸟的蛋，往下走算是比较容易。"

"可是，等我们下去了，我们怎么出去呢？你知道那边的路吗？"

"没有人认识这边的路，"她说，"除了切海尔·本·谢赫，也许还有安蒂妮亚。"

"那怎么办呢？"

"嗯……有切海尔·本·谢赫的骆驼，他旅行时骑的骆驼。我已经放开了一峰骆驼，最强壮的那一峰。我把它带到了窗下，并给了它很多草料，这样它就会不声不响，在我们出发之前美美地吃一顿了。"

"但是……"

她跺了跺脚。

"但是什么？……如果你愿意，如果你害怕，你就待在这里。我要走了，我想再看看加奥，看看那苍翠的橡胶树，看看那碧波荡漾的河流。"

我觉得自己脸红了。

"我走，坦尼特·泽尔加。我宁愿渴死在沙漠里，也不愿待在这里。走吧……"

"嘘！"她说道，"还没到时候。"

她指了指被月光照亮的高耸的山峰。

"还不到时候，我们必须等待。否则，我们会被发现的。再过一个小时，月亮就会落在山后，那就到时候了。"

她坐了下来，一言不发，包裹着她身体的罩袍完全遮住了她黝黑的小脸。她在祈祷吗？也许吧。

我突然看不见她了。黑暗已经爬进了窗户，月亮已经落在山峰下了。

坦尼特·泽尔加的手搭在我的胳膊上。她把我拉到窗前，我强迫自己不要颤抖。

下面一片漆黑。坦尼特·泽尔加非常轻柔而坚定地说道："一切准备就绪。我把绳子绕在柱子上，这是套索，把它夹在腋下。停！拿着这个坐垫，把它紧紧地压在你受伤的肩膀上……它是很好的衬垫。保持面向墙壁，它可以保护你不受颠簸或刮伤。"

我现在非常镇定，非常平静。我坐在窗台上，双脚悬在空中。从山顶上吹来的清凉的风使我精神焕发。

我感到坦尼特·泽尔加的手伸进了我的口袋。

"这是一个盒子。我想知道你什么时候能到底下，这样我才可以下去。你要打开这个盒子，里面有萤火虫。我要看到它们，然后再下去。"

她恋恋不舍地握着我的手。

"现在走吧。"她小声说道。

我动身了。

关于这两百英尺的落差，我只记得一件事。每当绳子停下来，我感到自己在光滑的岩石上摇摆时，就很恼火。"这个小傻瓜在等什么？"我对自己说，"我已经在这里等了一刻钟……啊！终于！好了，现在再停一站！"有一两次我觉得自己碰到了地面，但那只是岩石的一个突出部分，我不得不迅速踢开自己……然后，突然，我发现自己坐在了地上。我伸出手，灌木丛里的一根刺扎了我的手指。我很沮丧。

我立刻又开始紧张起来。

我抽出坐垫，从套索上滑下来。我用那只完好的手拉着绳子，把它拉到离山面五六英尺的地方，然后脚踩在上面。

与此同时，我从口袋里拿出小纸盒，打开了它。三个发光的小圆圈一个接一个地在漆黑的夜色中升起。我看见它们在岩壁上越升越高，发出的淡粉色磷光轻轻向上滑动。然后，光圈一个接一个消失了……

"你累了，西迪。让我来拉住绳子。"

黑暗中，切海尔·本·谢赫在我身边站了起来。

我看着他高大的黑色身影，打了个寒战，但我没有松开绳子，我已经感觉到它在隐隐抽动。"松手。"他用命令的口气重复了一遍。

他从我手里把绳子夺了过去。

我不知道当时自己是怎么想的。我站在这个高大的黑色幽灵旁边。要知道，我的肩膀脱臼了，怎么能对付这个强壮而敏捷的大汉呢？毕竟，这对我有什么好处呢？我看到他，每一块肌肉都绷紧了，用双手、双脚、整个身体紧紧抓住绳子，比我自己能做到的要强得多。

头顶上沙沙作响。一个小小的黑影滑了下来。

"到底了。"切海尔·本·谢赫说着，用他有力的手臂抓住了那个小影子，把她放在地上，松开的绳子又甩回了岩石上。

一认出这个塔基人，坦尼特·泽尔加就发出了一声叹息。

他残忍地用手捂住她的嘴。"你能安静点吗，偷骆驼的小虫子？"

他抓住了她的胳膊，然后转向我。

"现在跟我来。"切海尔·本·谢赫用命令的口气说道。我服从了。

在短暂的步行中，我听到坦尼特·泽尔加的牙齿因恐惧而打战。

我们到达了一个小洞穴。"请进。"这位塔基人说道。

他点燃了一个火把。借着红色的灯光，我看见一峰强壮的骆驼正在安静地咀嚼着草料。

"小家伙不是傻瓜，"切海尔·本·谢赫指着那峰骆驼说道，"她挑了一峰最好骑最结实的，但她没有动脑子。"

切海尔·本·谢赫拿着火把走到那峰骆驼跟前。

"她没有什么远见，"他接着说道，"她除了鞍子什么也没准备。没有水，没有食物，三天过后，你们三个就会死在路上……长路漫漫啊！"

坦尼特·泽尔加的牙齿不再打战了。她看着这位塔基人，一半是恐惧，一半是希望。

"中尉西迪，"切海尔·本·谢赫说道，"过来，站在骆驼旁边，听我解释。"

当我走到他身边时，他说："在骆驼每一侧都有一个装满水的袋子。你要谨慎使用这水，因为你要经过可怕的地方。在五百公里的范围内，你可能找不到一口井。"

"还有，"他继续说，"在驼鞍袋里，有一些肉罐头，罐头不多，因为水更重要，还有一把卡宾枪，你的卡宾枪,西迪。尽量把子弹留给羚羊，还有这个。"

说着，他展开一卷纸。我看见他高深莫测的脸伏在上面，他的眼睛在微笑，他看向我。

"出了这些区域，你想走哪条路？"他问道。

"到艾德勒斯去，到你遇到我和上尉的那条路上去。"我说道。

切海尔·本·谢赫摇了摇头。

"我早就猜到了。"他喃喃道，冷冷地补充，"那样的话，在明天太阳落山之前，你和那个小家伙就会被抓起来杀掉的。"

他接着说道："往北走还是霍格尔，霍格尔是安蒂妮亚的天下，所以你们必须往南走。"

"那我们就往南走。"我说道。

"你们往南走哪条路？"

"经过锡莱特和蒂米绍。"

这位塔基人又摇了摇头。

"他们会去那边找你们的，"他说，"这是最好的路线，途中有井。他们知道你熟悉这条路。图阿雷格人一定会在井边等你们自投罗网的。"

"既然如此，怎么办？"

"这么办，"切海尔·本·谢赫说道，"在离这里七百公里之前，你不能进入蒂马索通向廷巴克图的公路。在伊弗鲁瓦内这个地方，或者更好的是，在特勒姆西绿洲进入。霍格尔的图阿雷格人的势力范围到此为止，而阿韦利米登的图阿雷格人的势力范围自此开始。"

固执的坦尼特·泽尔加插嘴道："是阿韦利米登的图阿雷格人屠杀了我的人民，把我变成了奴隶。我不想踏上阿韦利米登的地界。"

"安静点，小虫子。"切海尔·本·谢赫野蛮地说道。

他继续对我说道："我说的都是实话。不过小家伙说得对，阿韦利

243

米登是一个凶猛的部落，但他们害怕法国人。他们中的许多人与尼日尔北部的监测站保持联系。此外，他们正在与霍格尔人作战，霍格尔人不会跟着你们进入他们的地界。该讲的我都讲了，你们必须在进入阿韦利米登地区后上廷巴克图公路。那里树木茂盛，水源充足。如果你们到达特勒姆西绿洲，你们将在含羞草开花的林荫道结束旅程。此外，从这里到特勒姆西绿洲的路比穿过蒂米绍的路要短。而且这条路很直。"

"很直，没错，"我说道，"但是你知道，要沿着这条路走，必须穿过塔奈兹鲁夫特这个地方。"

切海尔·本·谢赫不耐烦地挥了挥手。

"我知道，"切海尔·本·谢赫说道，"我知道塔奈兹鲁夫特是什么样子。我曾经穿越过整个撒哈拉沙漠，只要穿过塔奈兹鲁夫特和塔西利南部，我就会瑟瑟发抖。在那里迷路的骆驼不是死了就是跑了，因为没有人会冒着生命危险去找它们……正是这种笼罩在这个地区的恐惧可能会拯救你们。所以，你们必须要做出选择。要么可能在穿越塔奈兹鲁夫特的这条路上干渴而死，要么在其他路线上被割喉。"

他补充道："当然你也可以留在这里。"

"我选好了，切海尔·本·谢赫。"我说道。

"很好。"他说着，又把那卷纸展开，"这条线路从我要带你们去的第二地区的开口处开始，它的终点是伊弗鲁瓦内这个地方。我已经在有井的地方做了标记，但是不要太相信它们，因为很多井都是干的，根本就没有水。注意别离开这条线路，如果你们偏离了，就意味着死亡……现在，和小家伙一起爬上骆驼，悄悄地离开。"

我们默默地走了很长时间。切海尔·本·谢赫走在前面，他的骆驼顺从地跟在后面。我们先后经过一条黑暗的走廊、一个封闭的峡谷、另一条走廊……每个入口都隐藏在错综复杂的岩石和灌木丛中。

突然，我们感到一阵灼热的风吹在太阳穴上，走廊的尽头发出黯淡的红光。沙漠到了。

切海尔·本·谢赫停了下来。

"下来。"他说道。

一股泉水从岩石中汩汩涌出。这位塔基人走上前去，他接满了一个皮囊。

"喝水！"他说着，轮流递给我们。

我们遵从了。

"再喝。"他命令道，"喝多少就能节省多少皮囊里的水。现在，在太阳落山之前，尽量不要再口渴了。"

他测试了骆驼的腰围。

"一切正常，"他低声说道，"走吧，再过两小时天就亮了，你们一定要走得远远的。"

在这紧张的时刻，我激动不已，走到这位塔基人跟前，握住他的手。

"切海尔·本·谢赫，"我轻声说道，"你为什么要这样做？"

他吓了一跳。我看见他的黑眼睛亮了起来。

"为什么？"他说道。

"是的，为什么？"

"先知（穆罕默德），"他严肃地回答道，"允许正直的人，在他的一生中，把怜悯放在责任之前。切海尔·本·谢赫正利用这个豁免权帮助救了他一命的人。"

"那么，"我说道，"你就不怕我回到法国人中，泄露安蒂妮亚的秘密吗？"

他摇了摇头。

"我才不怕呢，"他讽刺道，"中尉西迪，你的人不会知道上尉是怎么死的。"

听到这种合乎逻辑的反驳，我不寒而栗。

"我没有杀了这个小家伙可能是个错误，"这位塔基人补充道，"但是她爱你，她会守口如瓶的。去吧，天快亮了。"

我试图抓住这个奇怪的拯救者的手，但他又缩了回去。

"不用谢我。我所做的一切，都是为了自己，为的是在神面前积累功德。记住，我再也不会这样做了，无论是为你还是为别人。"

我做了个动作，让他在这一点上放心。

"不要抗议，"他用嘲讽的语气说道，"我现在还能看出来，不要抗议。我这么做是为了我自己，不是为了你。"

我困惑地看着他。

"不是为了你，中尉西迪，不是为了你……"他严肃地说道，"因为你会回来的，到时候就别指望切海尔·本·谢赫的帮助了。"

"我会……回来？"我低声说道，浑身发抖。

"你会回来的，你会回来的。"这位塔基人说道。

他笔直地站着，就像灰色岩石上的一个黑影。

"你会回来的，"他强调道，"你现在只是在逃避，但如果你认为你会像离开时那样重新看待你的世界，那你就错了。从今以后，有一种思想，只有一种思想，会时时刻刻萦绕着你。一天以后、一年以后、五年以后，也许是十年以后，你会走上你刚才走过的这条走廊。"

"闭嘴，切海尔·本·谢赫！"坦尼特·泽尔加用颤抖的声音说。

"安静点，小虫子。"切海尔·本·谢赫说道。

说完，他咧嘴一笑。

"小姑娘很害怕，你看，因为她知道我说的是真的，因为她知道这个故事——吉尔贝蒂中尉的故事。"

"吉尔贝蒂中尉？"我说道，汗水从太阳穴冒了出来。

"他是意大利军官。我是在八年前，在拉哈特和拉达梅斯之间遇到他的。他发现他对安蒂妮亚的爱并没有使他忘记对生活的热爱。他试图逃跑，成功了；我不知道他是怎么做到的，因为我没有帮助他。他回到了自己的国家。听着，两年后的一天，我外出执行任务，在北部地带发现了一个因饥饿和疲劳而半死不活的人，正在徒劳地寻找通往北方屏障的入口，是吉尔贝蒂中尉回来了。如今，他在红色大理石大厅的第三十九号壁龛里。"

说着，这位塔基人微微一笑。

"这就是吉尔贝蒂中尉的故事……但这就足够了。你们再骑上骆驼，走吧。"

我二话没说就照做了。坐在骆驼臀部上的坦尼特·泽尔加用她的小胳膊搂着我。

切海尔·本·谢赫仍然握着缰绳。

"再说一句。"他说道，指着南方远处，紫色的天空映衬着一个黑色的斑点。"看那边的蘑菇石，那就是你要走的路，离这里有三十公里。日出时，你们一定会到达山顶，然后查阅地图，下一个暂停点已经标记好了。如果你们不迷路的话，八天后就能到达特勒姆西绿洲了。"

骆驼伸长了它的大脖子，迎着从南方吹来的令人窒息的微风。

这位塔基人一挥手臂，放开了缰绳。

"现在走吧。"

"谢谢你，"我在驼鞍上转过身说道，"谢谢你，切海尔·本·谢赫，再见。"

我听见他的声音在远处回答："再会，德·圣·阿维特中尉。"

塔奈兹鲁夫特其地

第一个小时里，切海尔·本·谢赫的大骆驼载着我们狂奔，至少走了五里格的路。我的眼睛盯着目标。切海尔·本·谢赫这位塔基人指给我看的那块蘑菇石，在苍白的天空映衬下，峰顶变得越来越大。

我们的速度很快，微风在我们的耳旁呼啸而过。大块大块的沙漠灌木，像没有肉的骷髅一样，从左右两边闪过。

我听到坦尼特·泽尔加的声音："让骆驼停下来。"

一开始我不明白。

"让骆驼停下来。"她重复道。

她的手紧紧地抓住我的右臂。

我服从了。骆驼很不情愿地放慢了速度。

"听。"女孩说道。

起初我什么也没听到。接着，我们身后传来一阵微弱的沙沙声。

"让骆驼停下来，"坦尼特·泽尔加命令道，"你不必费事让它跪下。"

与此同时，一个灰色的小身影跳上了骆驼，骆驼又出发了，比以前更快。

"让骆驼走吧，"坦尼特·泽尔加说道，"盖尔跳上来了。"

她说这话的时候，我感到自己的手底下有一个毛茸茸的小毛球。原来是那只猫鼬跟着我们的踪迹，追上了我们。我能听到这只勇敢的小动物气喘吁吁，慢慢安静下来。

"我很高兴，"坦尼特·泽尔加喃喃道，"切海尔·本·谢赫是对的。"

太阳升起时，我们越过了峡谷。我回头望了望，阿塔克尔在黎明前的薄雾中一片朦胧。群山座座，再也分不清哪一座是安蒂妮亚还在其中畅想激情并期待将来能再次恣情纵欲的山峰了。

你知道塔奈兹鲁夫特这个地方是什么样子，"卓越的高原"，不毛之地，不适合人居住，干渴和饥饿的土地。这时，我们来到了这片沙漠的某个区域，杜韦里埃称之为南塔西利，在公共工程部的地图上有这样引人入胜的注释："多岩石的高原，没有水，没有植被，不适合人类和动物生存。"

除了喀拉哈里沙漠的某些地方，再也没有什么比这片布满砾石的荒野更可怕的了。切海尔·本·谢赫说得对，没人会想来这里跟踪我们。

黎明前的大片黑暗仍然阻挡着白昼的光。我的脑子里充斥着完全不连贯的记忆。一个句子出现在我的脑海里，一个字一个字出现。

"在迪克看来，自从最初的黑暗开始以来，他除了在空气中摇晃之外，从来没有做过任何事情。"

我微微一笑。"几个小时以来，"我想，"我一直在回忆文学场景。刚才，在一百英尺高的空中，我是帕尔梅查特酒里的法布里斯，吊在她的意大利监狱里。现在，骑着我的骆驼，我是《失败之光》中的迪克，穿越沙漠去见他的战友。"我又笑了，然后颤抖起来。我想起了前一天晚上，安德罗·马克提的俄瑞斯忒斯同意用皮拉斯来献祭……这也确实是一种文学情境……

切海尔·本·谢赫估计，我们要八天才能到达森林茂密的阿韦利米登，这是苏丹草原的前哨。他非常了解骆驼的力量。起初，坦尼特·泽尔加给骆驼起了个名字，叫埃尔·梅伦，意味"白色"，因为这峰漂亮的骆驼几乎没有一根杂毛。这峰骆驼曾经一连两天没有吃别的东西，只是偶尔从金合欢树上扯下一根树枝，上面长着可怕的白刺，长约八英寸，真叫我为我们这位朋友的喉咙发抖。我们在地图上找到了切海尔·本·谢赫标记的水井，但里面只有滚烫的黄泥。这对骆驼来说已经足够了，所以五天之后，多亏了节制，我们只喝了两袋水中的一袋。那时，我们以为得救了。

那天，在一个泥泞的池塘附近，我用卡宾枪打死了一只沙漠瞪羚，其角短而直。坦尼特·泽尔加剥了羚羊皮，我们享用了一顿美味的烤肉，烤得恰到好处。与此同时，盖尔，在炎热的天气里，在我们停留的时候，它一直在岩石的洞穴里搜寻，发现了一条四英尺长的沙鳄，很快就弄断了它的脖子。它狼吞虎咽，吃得动不了。我们给它喝了一品脱水来帮助消化。我们高兴地给它水喝，因为我们很快乐。坦尼特·泽尔加什么也没说，但我看得出她是多么高兴，因为她相信我已经不再去想那个戴着黄金蛇形饰物和绿宝石的女人了。事实上，在那些日子里，我几乎没有把她放在心上。我只想到我们必须避开炎热；我们必须把山羊皮的水袋藏在岩洞里冷却；当你渴得嗓子冒烟，一杯救命之水举到唇边时，那是何等的喜悦！……只有经历过痛苦的人才明白，激情，无论是精神上的还是肉体上的，都是那些有吃有喝休息好的人才能享受的东西。

现在是下午五点。可怕的高温正在减弱。我们刚在岩石遮蔽处小睡了一会儿。离开那里，我们坐在一块大石头上，望着西边泛红的天空。

我打开地图，切海尔·本·谢赫在地图上标出了我们中途停留的地方，一直到苏丹公路。我高兴地看到他规划的行程是准确的，而我也一丝不苟地按照他规划的行程去做了。

"后天晚上，"我说道，"我们将动身去找停留的地方，第二天拂晓，我们将到达特勒米西绿洲。一旦到了那里，我们就不必再担心没水喝了。"

坦尼特·泽尔加一脸憔悴，闻听此言，她的眼睛熠熠生辉。

"那加奥呢？"她问道。

"我们离尼日尔只有一个星期的路程了。切海尔·本·谢赫说，从特勒米西绿洲开始，剩下的路上长满了含羞草。"

"我知道含羞草，"她说道，"它有小黄球，在你手上融化，但我最喜欢刺山柑花。你必须得和我一起去加奥。我跟你说过我父亲，索尼·阿兹基亚，被阿韦利米登人给杀了。但我的族人现在肯定重新建立了村庄，他们已经习惯了。你会看到他们是怎样欢迎你的。"

"我会去的，坦尼特·泽尔加，我会去的，我向你保证，但你也必须答应我一件事。"

"什么事？哦，我想我能猜到。如果你认为我能说出那些可能伤害我朋友的话，你一定是把我当作一个小傻瓜了。"

她一边说，一边看着我。饥饿和疲劳已使她棕色的脸瘦削了，但她的大眼睛依旧炯炯有神。我收起地图和罗盘，彻底确定了要去的地方。我第一次意识到坦尼特·泽尔加的眼睛是如此美丽。

我们谁也不说话了，最后是她打破了沉默。

"天快黑了。我们必须吃点东西，这样才能有力气尽快离开。"

她站起来，朝那块岩石走去。

几乎就在这时，我听到她的声音在叫我，那痛苦的语调使我毛骨悚然。

"来！哦，快来看！"

我一跃就到了她身边。

"骆驼！"她喘着气说道，"骆驼！"

我看了看，浑身打了个寒战。

埃尔·梅伦躺在岩石后面，全身伸直，白色的身体痉挛地起伏着，处于最后的痛苦之中。

我不必详述我们为抢救它时的疯狂。我一直不知道埃尔·梅伦的死因是什么。所有骆驼都是这样，它们既是最强壮的动物，也是最娇弱的动物。它们在最可怕的孤独中旅行了六个月，食物很少，甚至长时间没有水，也可以出色应对。然后，有一天，当它们得到了所需要的一切，它们会侧身躺下，以最令人不安的方式死去。

当没有更多的事情可做时，我们站起来，看着骆驼的挣扎越来越弱。当它咽下最后一口气时，我们自己的生命仿佛也要随之逝去。坦尼特·泽尔加第一个开了口："我们离去往苏丹的公路还有多远？"

"我们离特勒米西绿洲有二百公里。"我回答道,"走伊弗鲁瓦内路线,我们可以少走三十公里,但地图上没有标明沿途有水井。"

"那么我们必须去特勒米西绿洲,"她说道,"两百公里,也就是说七天?"

"至少七天,坦尼特·泽尔加。"

"那么离第一口水井有多远?"

"六十公里。"

女孩的脸微微抽搐了一下,但她很快就控制住了自己。"我们必须马上出发。"

"出发吧,坦尼特·泽尔加,步行!"

她跺了一下脚。我钦佩她的意志力。

"我们必须出发了。"她重复道,"我们要吃,要喝,还有盖尔。"因为我们不能把所有的肉罐头都搬来,并且水囊又太重了,如果我们带着它,走不了十公里。我们把其中一个肉罐头从一个小孔里倒空,然后装满水。这样可以持续到今晚,但这意味着三十公里的路途中将没有水喝。然后,明天晚上,我们就可以到达切海尔·本·谢赫在地图上标出的那口井。

"哦,"我心碎地喃喃道,"要是我的肩膀没毛病的话,我就能拿着水囊了。"

"那没办法，"坦尼特·泽尔加说道，"你拿着这把卡宾枪和两罐肉。我再带两罐肉和一罐水。来吧。如果我们要走三十公里，就必须在一小时后出发。你知道，太阳一出来，石头就热得不能下脚了。"

我们在悲伤的沉默中度过了这个小时的剩余时间，这让我们感到非常自信，你只管去想象，如果没有坦尼特·泽尔加，我想我会坐在岩石上等死，只有盖尔感到高兴。

"我们不能让它吃太多，"坦尼特·泽尔加说道，"它可能跟不上我们。明天它就得干活了。如果它再抓到一只沙鳄，那就是我们的了。"

如果你在沙漠中行走过，就会知道晚上的头几个小时有多可怕。当巨大的黄色月亮出现时，一阵苦涩的、令人窒息的灰尘似乎在云层中升起。嘴巴开始机械地工作，好像要粉碎那些像火一样即将进入喉咙的灰尘。通常情况下，一种宁静的睡意会笼罩你。你想都不想，你忘了你是在行军。除非你被绊倒了，不然不会注意到。的确，你经常会犯错。但过了一段时间就可以忍受。"黑夜即将结束，行军也将结束。毕竟，我感觉没有刚开始时那么累了。"夜晚即将结束，但随之而来的是最可怕的时刻。你快渴死了，冷得发抖。所有的疲惫都会回来，把你压垮。这预示着黎明那可怕的小风并不会使人放松。恰恰相反，每次你跌倒，你都在重复："下一次就是最后一次了。"

此外，这是人们的经验，他们知道再过几个小时，将能好好休息，并有吃有喝……

我极度痛苦，每走一步，可怜的肩膀都要颠簸一下。有一次，我真想停下来，坐下来。然后我望了望坦尼特·泽尔加，她几乎是闭着眼睛往前走。她脸上的表情既痛苦又坚定。我也闭上眼睛，继续往前走。

这就是第一阶段。黎明时分，我们在一个岩洞里停了下来。炎热很快迫使我们爬起来，找一个更深的地方。坦尼特·泽尔加什么也没吃。但是她一口气把半罐水喝了下去。她躺着瞌睡了一整天。盖尔在岩石上乱窜，轻轻发出哀伤的叫声。

我就不描述第二阶段了。它的恐怖程度超过了任何可以想象的东西。我在沙漠里受了人类所能受的一切苦难。但我已经带着一种无限的怜悯之情注意到，作为男人，我的肌肉力量开始超过我的小伙伴的紧张。这个可怜的孩子一言不发地走着，用罩袍盖住自己的脸，嘴里嚼着衣服的一端。盖尔跟在后面。

在切海尔·本·谢赫的地图上，我们缓慢而费力去寻找的那口井的名字是蒂斯里林，意思是两棵孤立的树。

太阳升起时，我们终于看到了两棵树，两棵橡胶树。树离我们不到一里格远了，我高兴地叫了一声。

"振作起来，坦尼特·泽尔加，井在那儿！"

她掀开面纱，我看到她可怜的脸因痛苦而憔悴。

"那很好，"她喃喃道，"因为……否则……"

她不能再说什么了。

我们几乎是跑着奔了最后一公里。我们已经看到了那个井口。

最后，我们到达了那里。

结果，井是干涸的，里面没有一滴水。

渴死是一种奇怪的感觉。起初，痛苦是可怕的，然后就减轻了。麻木逐渐占据你的身体。你生活中荒谬的小细节出现在你面前，像蚊子一样飞来飞去。我记得在圣西尔的入学考试中，我曾写过一篇关于马伦戈战役的历史文章。我不断重复："我说过，在凯勒曼冲锋时，马尔蒙的炮台有十八门炮……现在我记得只有十二门。十二门，是的，我敢肯定。"

我又重复了一遍："十二门炮。"

我陷入了昏迷。

我感到额头上有一块烧红的熨斗，才清醒过来。我睁开眼睛，坦尼特·泽尔加正俯身看着我。那是她的手，烧得厉害。

"起来，"她说，"我们继续走吧。"

"继续？！坦尼特·泽尔加！沙漠在燃烧，太阳就在头顶。现在是中午。"

"我们继续走吧。"她重复道。

我发现她神志不清了。

她站了起来，她的罩袍滑落到地上。小盖尔蜷缩着，睡着了。

她光着头，不顾可怕的太阳，重复道："我们继续走吧。"

我恍然大悟。

"遮住你的头，坦尼特·泽尔加。遮住你的头。"

"我们继续走吧，"她重复道，"我们继续走吧。加奥离得很近，我能感觉到。我想再看一次加奥。"

我强迫她在岩石的阴凉处坐在我身边。我觉得她已经没有力气了。"好可怜的孩子。"想到这，我顿时恢复了理智。

"加奥很近，不是吗？"她说道。

她闪亮的眼睛恳求地看着我。

"是的，小家伙，我亲爱的孩子。加奥就在附近，但是，看在上帝的分上，躺下吧。这会儿太阳太毒了。"

"啊！加奥，加奥！我就知道，"她重复道，"我确信我会再次看到加奥。"

她又坐了起来，滚烫的小手紧紧握住我的手。

"听着。我必须告诉你，这样你就能理解为什么我知道我会再次看到加奥了。"

"坦尼特·泽尔加，冷静下来。小姑娘，冷静点。"

"不，我必须告诉你。那是很久以前，丰水期的河岸边，在加奥，我的父亲是一位王子……有一天，一个节日，一个老魔术师来了，他穿着兽皮和羽毛，戴着面具和尖顶帽子，一个袋子里装着响管和两条眼镜蛇。他在村里所有人都聚集的广场上跳起了波萨迪拉舞。我坐在前排，因为我戴着一条碧玺项链，他看出我是桑海酋长的女儿。他跟我讲起过去，说我的父辈统治过伟大的曼丁戈帝国，讲凶猛的昆塔人，还讲了我们的敌人。事实上，他什么都讲。然后他说……"

"小姑娘，尽量保持冷静。"

"然后他说：'不要害怕。也许在你面前会有苦难的日子，但有一天你会看到加奥在地平线上闪耀，加奥不再是一个黑人聚集的小镇。这座黑人部落的伟大首都，将迎来辉煌。加奥城将获得新生，到那时，清真寺将有七座塔楼和十四座绿松石圆顶，有新建的房屋，有喷泉，有水景园，到处都是巨大的红白花朵……那将是你解脱的时候，你将成为女王。'"

坦尼特·泽尔加现在站直了。在我们头顶上，在我们周围，到处都是炙热的岩漠。

突然，女孩伸出手臂，发出一声可怕的喊叫。

"加奥！那就是加奥！"

我望了望。

"加奥！"她重复道，"啊！我知道，那里有树和喷泉，还有圆顶和塔楼，棕榈树和巨大的红白花朵。加奥！"

的确，在炽热的地平线上，一座奇妙的城镇拔地而起，一幢幢惊人的彩虹建筑随之出现。在我们睁大的眼前，可怕的海市蜃楼变幻出了许多疯狂的画面。

"加奥！"我喊道，"加奥！"

我立刻又叫了一声，这次是痛苦和恐惧。我感到坦尼特·泽尔加的小手在我手里放松了。我赶紧把女孩抱在怀里，听她的喘息："这就是我要解脱的时候，我将成为女王……"

几个小时后，我用两天前她剥羚羊皮的那把刀，在她死去的岩石脚下的沙子上挖了一个洞，坦尼特·泽尔加将长眠在那里。

一切准备就绪，我想再看一眼那可爱的小脸。有那么一瞬间，我悲痛欲绝，差点晕过去。我急忙又用白罩袍盖住了那张棕色的脸，把女孩的尸体埋进了坟墓。

我没有把盖尔算在内。

在我忙于工作的时候，猫鼬的眼睛从来没有离开过我。当第一把沙子落在白罩袍上时，它发出了一声尖叫。我看了看它，只见它的眼睛闪闪发光，准备跳起来。

"盖尔！"我央求道。

我试着安抚它。

盖尔咬了我的手，然后跳进坟墓，开始疯狂地用爪子扒沙子。

三次，我想把盖尔赶走。后来，我觉得自己永远也办不到，而且，即使我成功了，它也会留下来扒出尸体。

卡宾枪就在我脚边。一声枪响在空旷的沙漠中回荡，接下来，盖尔也长眠了。它蜷缩在女主人的脖子上，我以前经常看到它这个样子。

地面上什么也看不见，只有一堆被践踏过的沙子。

我摇摇晃晃地站起来，漫无目的地向南朝沙漠走去。

画上句号

那天晚上，德·圣·阿维特告诉我他杀死莫朗奇时，米娅绿洲有一只豺狼在号叫，这时另一只豺狼也在号叫，也许是同一只。

我立刻感到那天晚上要发生一件不可挽回的事情。

我们像以前一样坐在饭厅外面的小走廊下。地板是灰泥，栏杆是弯曲的树枝，四根横梁撑起一个茅草屋顶。

我说过，从这走廊上可以看到沙漠的广阔景色。德·圣·阿维特说完话，站起身来，靠在栏杆上。我跟在他身后。

"那接下来呢？"我问道。

他望着我。

"接下来？你肯定知道所有的报纸都说了什么——在阿韦利米登的乡间，我被艾马尔上尉率领的探险队发现，当时我又渴又饿，奄奄一息，然后被带到廷巴克图。我有一个月神志不清，不知道自己在高烧的时候说了什么。当然，负责廷巴克图混乱事件的官员们觉得没有必要告诉我。我向他们讲述自己在莫朗奇－德·圣·阿维特任务报告中的冒险经历，从他们听我解释时礼貌而冷漠的态度很容易看出，我给他们的官方版本在某些细节上与我在精神错乱时所说的话有所不同。

"他们没有坚持。传言，莫朗奇上尉中暑而死，被我埋在塔希特绿洲边，离蒂米绍有三段路程。大家都觉得我的故事有很多漏洞，他们无疑嗅到了某种戏剧性的神秘，但要证明这一点就是另一回事了。既然无法获得证据，他们认为最好把这件毫无意义的丑闻掩盖起来。不过这些细节你跟我一样清楚。"

"那……她呢？"我胆怯地问道。

他脸上掠过胜利的微笑，成功地把我的思想从莫朗奇和他的罪行中牵引出来，用他自己的疯狂感染了我。

"她，"他说，"她……六年了，我没有听到任何消息。但我看见她了，我跟她说话了。我想起我将再次与她在一起的那一刻……我将拜倒在她的脚下，只说一声：'原谅我吧，我违反了你的律法。当时我不明白，现在我知道了，你看，像吉尔贝蒂中尉一样，我已经回来了。'

"'家庭、荣誉、国家,'老勒·梅斯基说,'你要为她放弃一切.'老勒·梅斯基是个傻瓜,但他是凭经验说的。他知道,他曾在安蒂妮亚面前看到红色大理石大厅里五十个鬼魂生前的意志被粉碎。

　　"现在你也要问,这女人究竟是什么人?我也不知道。说到底,我才不在乎呢!重要的是她的过去和神秘的出身:她究竟是海神和神圣的拉吉得斯的后裔,还是一个波兰醉汉和玛索区妓女的私生女?

　　"当我愚蠢到嫉妒莫朗奇的时候,文明人把可笑的自尊和激情混为一谈,这些问题可能会对这种自尊产生一些影响。但我曾把安蒂妮亚抱在怀里,我不想知道更多……对我来说,我这凡夫俗子的身体会变成什么并不重要……

　　"我不想知道。或者,更确切地说,因为我对未来的想象过于准确,所以我选择在唯一有价值的命运中寻求忘却:一种未经探测的纯洁天性,一种神秘的爱情。

　　"一种未经探测的纯洁天性。我必须解释一下,有一年,冬季的一天,我在一个人口稠密的小镇上参加了一场葬礼,那里被工厂烟囱和可怕的商队旅馆、郊区房屋的烟尘熏黑了。

　　"我们跟着队伍穿过泥泞。教堂是现代的、潮湿的、贫穷的。但是有两三个人,是悲伤麻木的亲属,整个队伍只有一个想法:找个借口逃跑。那些到达墓地的是找不到借口的人。我还能看到灰色的墙壁和枯萎的紫杉，阳光下和背阴处的树木，在南方蔚蓝的背景下看起来如此美丽。我可以看到丑陋的哀悼者穿着油腻的夹克戴着上蜡的礼帽……不，这太可怕了。

"他们在墓地靠近墙壁的阴暗角落里，在阴森的黄色黏土和砾石中挖了个洞。他们把尸体葬在了那里，我不记得那人的名字了。

"当他们放下棺材的时候，我看着自己的手，这双手在无与伦比的光明中按压过安蒂妮亚的手。我对自己的身体感到非常可怜，对在这些泥泞的城镇等待着我的命运感到非常恐惧。'有没有可能,'我重复道,'这具躯体，这具珍贵的躯体，这具也许独一无二的躯体，就这样结束了? 不，不，身体，比任何财富都珍贵的东西，我发誓不会让你蒙受这种耻辱。你不应该在一个登记号码下腐烂，类似郊区公墓这样肮脏的地方。你恋爱中的兄弟们，那五十个黄铜骑士，在红色大理石大厅里安静而庄严地等待着你。我会想办法把你带回他们身边的。'

"'一种神秘的爱。'——揭露爱情秘密的男人真可耻。撒哈拉沙漠以其坚不可摧的屏障小心地守护着安蒂妮亚。这就是为什么这个女人复杂的苛求，实际上比你的婚姻更纯净、更贞洁。因为你的婚姻会有淫秽的宣传，有各种各样的公告，有各种各样的报纸，有各种各样的请柬，告诉卑鄙、讥诮的众人，在某年某月某日，你将有幸与一个可怜的小处女完婚。

"我想这就是我要告诉你的一切。不，还有一件事。刚才我提到了红色大理石大厅。在切切尔南部，古老的凯撒利亚，马扎夫兰小河以西，在玫瑰色的晨雾中矗立着一座神秘的石头金字塔。当地人叫它基督女人之墓。那里面躺着安蒂妮亚的祖先克利奥帕特拉·赛琳娜的尸体，她是克利奥帕特拉和马克·安东尼的女儿。虽然位于入侵者的道路上，但这个坟墓保护了它的宝藏。没人能够发现里面有个彩绘的房间，在那里，那个美丽的身体躺在一个水晶棺材里。这位老祖宗所能做到的一切，她的后代将能成功地在庄严的辉煌中升华。在红色大理石大厅的中央，在阴森喷泉发出哀鸣的岩石上，预留着一个平台。就是在那里，就在围绕着她宝座的一百二十个壁龛里依次安放好各自黄铜雕像的那一天——那些人都是自愿作为猎物，被她宠幸，然后被做成黄铜雕像的——那个了不起的女人将端坐在黄铜宝座上，头戴埃及王冠，额上戴着金蛇饰物，手里拿着尼普顿的三叉戟权杖。

　　"当我离开霍格尔的时候，你会记得哪个位置是属于我的。从那以后，我从未停止过计算，我得出结论，我应该长眠在八十号或八十五号。但是，基于女人的反复无常，这种计算可能是错误的，这就是为什么我一天比一天不耐烦。没有时间可以浪费了，我告诉你，没有时间可以浪费了。"

　　"没有时间可以浪费了。"我重复着，就像在梦中一样。

他抬起头，露出一种说不出的喜悦。他紧握着我的手，高兴得发抖。

"你会看到她的，"他欣喜若狂，重复道，"你会看到她的。"

他不由自主地把我紧紧地搂在怀里。我们沉浸在一种特别的幸福之中，像孩子一样，一会儿笑一会儿哭，继续念叨着："没有时间可以浪费了，没有时间可以浪费了。"

突然，一阵微风吹起，屋顶上的一簇簇阿尔法草沙沙作响。淡紫色的天空变得更加苍白，忽然，东方撕开了一道巨大的黄色裂缝，太阳从空旷的沙漠上升起。堡垒下面传来了低沉的声音，牛群的哞哞叫声、铁链的叮当声……军营里的人们正在醒来。我们不声不响地站在那里，望着南边的那条路，那条通向特玛西宁、埃盖尔和霍格尔的路。

身后有人敲餐厅的门，我们吃了一惊。

"请进。"安德烈·德·圣·阿维特说道。他的声音又变生硬了。

查特莱恩军士长站在我们面前。

"这个时候，你找我有什么事？"安德烈·德·圣·阿维特烦躁地问道。

这位军士长立正站着。

"对不起，先生。巡逻队昨晚发现一位土著人在兵营附近徘徊，他毫不掩饰自己，士兵们一把他带到这里，他就要求见指挥官。当时已经是半夜了，我不想打扰您。"

"这位土著是什么人？"

"是塔基人，先生。"

"塔基人？去把他叫来。"

查特莱恩站在一边。那个人在他身后，由我们的一个土著士兵护送。

他们走上露台。

只见来人有六英尺高，肯定是个塔基人。初升的太阳照在他深蓝色的棉袍上，我看见他那双又大又黑的眼睛闪闪发光。当他和我的朋友面对面时，两个人都吓了一跳，但都立刻控制住了自己。

他们沉默地对视了一会儿。

然后，这位塔基人鞠了个躬，用非常平静的声音说道："平安与您同在，德·圣·阿维特。"

安德烈用同样沉着的声音回答道："平安与您同在，切海尔·本·谢赫！"

图书在版编目（ＣＩＰ）数据

亚特兰蒂斯女王／（法）皮埃尔·伯努瓦著；马庆
军译. —— 上海：上海文艺出版社，2024
（域外故事会科幻小说系列）
ISBN 978-7-5321-8839-0

Ⅰ．①亚… Ⅱ．①皮… ②马… Ⅲ．①幻想小说－法
国－现代 Ⅳ．① I565.45

中国国家版本馆 CIP 数据核字（2023）第 160395 号

亚特兰蒂斯女王

著　　者：〔法〕皮埃尔·伯努瓦
译　　者：马庆军
责任编辑：杨怡君
装帧设计：周艳梅
责任督印：张　凯

出　　版　上海文艺出版社
出　　品　上海故事会文化传媒有限公司
　　　　　（201101 上海市闵行区号景路159弄A座3楼 www.storychina.cn）
发　　行　上海文艺出版社发行中心
　　　　　（上海市闵行区号景路159弄A座2楼206室）
印　　刷　上海中华印刷有限公司
开　　本　889毫米x1194毫米　1/32　印张8.875
版　　次　2024年1月第1版　2024年1月第1次印刷
ＩＳＢＮ　978-7-5321-8839-0/I.6966
定　　价　35.00元

上海故事会文化传媒有限公司 出品（01162） www.storychina.cn

想看更多精彩故事？
扫码下载故事会APP

上海故事会文化传媒有限公司所有图书可办理邮购,免收邮费(挂号除外)
汇款地址：上海市闵行区号景路159弄A座2楼206室（201101）
收款人：上海故事会文化传媒有限公司出版发行部
联系电话：021-53204159
如发现本书有质量问题，请与印刷厂质量科联系 T:021-60829062